D1342354

Clandestin

Eliette Abécassis

Clandestin

ROMAN

Albin Michel

IL A ÉTÉ TIRÉ DE CET OUVRAGE
VINGT-CINQ EXEMPLAIRES
SUR VÉLIN BOUFFANT DES PAPETERIES SALZER
DONT QUINZE EXEMPLAIRES NUMÉROTÉS DE 1 À 15
ET DIX HORS COMMERCE NUMÉROTÉS DE I À X

© Éditions Albin Michel S.A., 2003
22, rue Huyghens, 75014 Paris
www.albin-michel.fr
ISBN broché 2-226-14162-6
ISBN luxe 2-226-13909-5

Pour A., ce jour-là,
sur le quai.

IL est sorti. Il a regardé à droite et à gauche. Il n'a vu personne. Pas de contrôleur. Pas de police. Il a décidé de l'attendre, sans savoir exactement ce qu'il allait lui dire.

Quelques passagers sont descendus. Ils lui ont jeté des regards furtifs. Dans leurs yeux, il voyait qu'il était différent. Assez grand, les cheveux châtains, les yeux bleus, intenses, les pommettes hautes, les joues creuses. Il avait une allure particulière. Une chemise blanche au col cassé, une veste et un pantalon noirs revêtaient son corps musculeux ; vêtements élégants, mais inhabituels pour un mois d'août.

Elle est descendue du train. Rapide, précise sur les marches. Elle n'arrivait pas à faire glisser sa valise, qui était trop lourde pour elle. Personne ne l'aidait.

Il s'est avancé vers elle. D'un geste souple, il a dégagé le bagage, l'a déposé sur le sol.

Pourquoi est-on attiré par un visage ? Pourquoi ses yeux se fixaient-ils sur cette femme en particulier ? Elle n'était pas particulièrement belle. Elle avait quelque chose d'étrange, de dérangeant. Elle appelait son regard. Quelque chose qui s'adressait à lui en particulier. Un signe venu d'ailleurs, d'un temps lointain, immémorial, suffisamment fort pour qu'il soit entendu dans un brouhaha et pourtant si faible qu'il ne peut être accessible aux autres oreilles humaines.

Elle a incliné la tête pour le remercier. Elle avait des yeux sombres comme un rêve.

Un coup de vent d'été, ce vent chaud de la ville, a fait frissonner sa robe. L'air s'est engouffré dans le tissu épais du lin, presque dur, plastronné.

Alors il s'est dit qu'il avait jusqu'au bout du quai pour la séduire.

Il l'avait vue monter dans le train, mais elle ne l'avait pas remarqué. Il avait eu du mal à contenir son désir de la contempler. Il voyait son regard plus que la couleur de ses yeux. Il appréciait sa démarche. Elle lui était familière.

Il était seul. Il s'était laissé emmener jusque dans le Sud, presque par hasard. Il revenait vers la capitale le plus vite possible. Il avait ce rendez-vous à minuit, devant la gare. Il ne devait pas être en retard.

Il a regardé par la fenêtre.

Le ciel laissait encore paraître des rayons violets. Sur le rail, le train avançait, entre les cours d'eau, il filait, suivait le chemin tracé.

Il était en voyage depuis si longtemps, depuis toujours semblait-il. Il était sans cesse sur le départ. Il aimait ces moments de répit où la terre paraît calme, vue du train. Le mouvement de la vie se laissait approcher. La vie qui emporte, malgré soi, au gré des événements, et qui parfois sait être douce, le temps d'un trajet, lorsque l'on se laisse bercer, sans rien faire.

Il fallait qu'il la revoie. Qu'il approche à nouveau. Elle ne devait pas être loin.

Sans plus attendre, il s'est levé. Il s'est dirigé vers le wagon suivant.

Quand il est arrivé dans le compartiment, elle lui faisait face. Ses cheveux clairs étaient ramassés en un chignon. Ses paupières étaient baissées, comme si elle dormait. Ses traits étaient lissés. Sa robe blanche, immaculée, tranchait dans la masse grise et noire des costumes. Elle était posée, stable dans son attitude. Son buste légèrement incliné laissait voir la naissance de ses seins. Il a eu une envie de la toucher, de poser ses mains sur elle, sur ses épaules, sur son corps, d'avoir un contact avec elle.

Il a avisé le fauteuil vide, à l'entrée du wagon.

Il y avait de la place en première, plus qu'en

seconde où les voyageurs serrés les uns contre les autres se calaient, chacun dans son coin, en voyant défiler le paysage.

Ici, la plupart étaient des hommes, qui travaillaient sur des dossiers. Certains, le portable à l'oreille, avaient de longues discussions au sujet de bilans économiques, réunions, crise financière, marchés et Bourse. Ils parlaient fort. On entendait distinctement ce qu'ils disaient.

Il la regardait à la dérobée. Il fallait l'observer, apprendre d'elle le plus possible, à travers ses gestes, ses expressions, les traits de son visage. Il était à l'affût d'un signe, d'une faille, d'un indice qui lui permettrait de lui parler. Dans ce brouhaha, elle lisait. Ses yeux parcouraient le texte, mais sans passer à la page suivante. Cela ne semblait pas être une distraction pour elle. Elle ne lisait pas comme ceux qui s'abandonnent aux récits. Elle regardait le texte pour s'en imprégner, pour l'apprendre par cœur. Elle se forçait à lire. Sur elle, il lisait une expression d'ennui, de grande morosité.

Elle a relevé la tête. Ses yeux sombres dévoraient son visage. Il y avait quelque chose de

particulier. Un voile empêchait de s'y plonger.
Elle était inatteignable.

Le train en a croisé un autre. Le temps d'un
soupir, il a fait un peu plus sombre. Son visage
s'est reflété dans la fenêtre. Elle n'a pas baissé
les yeux. Leurs regards se sont croisés, rapide-
ment, sur le miroir de la vitre, puis ils se sont
séparés.

Elle a repris sa lecture.

Il a eu un sourire. Elle l'avait vu, enfin.

Devant lui, étaient assis une mère et son
enfant. Ce dernier parlait très fort en récrimi-
nant. Elle devait avoir une quarantaine d'années, des cheveux châtains mi-longs au bru-
shing parfait, et un visage empâté. Elle était
vêtue de noir, d'une façon sobre et élégante,
qui permettait de masquer ses formes.

La mère était dépassée par l'énergie de son
fils. L'enfant aussi était trop gros, trop bien
nourri. Il s'occupait bruyamment. Il s'enqué-
rait des cadeaux qu'il allait recevoir, de son
argent de poche. Un enfant qui exprimait ce
que les adultes savent masquer par la sociabi-

lité, la civilité, et un vernis de culture : la recherche des objets et de l'argent. Il faisait tout ce que sa mère lui disait de ne pas faire, pour attirer l'attention sur lui, car il était seul. Il s'étalait partout, pour marquer son territoire, comme un roi, un conquérant. Plus tard, que ferait-il ? Que ferait-il de sa vie ?

Quand il quitta l'enfant des yeux, elle le regardait.

Son cœur a fait un bond dans sa poitrine. Il crut lui offrir un sourire. Mais ce fut autre chose qui se peignit sur son visage. Une tristesse à n'en plus finir.

ELLE ne parvenait pas à s'intéresser à sa lecture. Elle relisait toujours la même page. Son esprit rebondissait sur les mots pour s'égarer au loin, dans ses pensées, ses souvenirs, ses questions. Elle s'ennuyait.

Elle l'a regardé à nouveau. Cet inconnu assis au fond du compartiment. Cet homme au front altier, au visage émacié, au regard bleu foncé, intense, troublant. Il était beau.

Elle n'arrivait pas à se concentrer. Il fallait qu'elle retienne ce texte. C'était ennuyeux. Elle avait beaucoup exercé sa mémoire lors de ses études. Elle s'amusait parfois à se souvenir de tous les acteurs d'un film, ou de tous les films qu'elle avait vus dans l'année. Ce n'était pas facile. La mémoire passe son temps à oublier, à classer, à rejeter ce qu'elle ne juge pas important, ou qu'elle estime trop important. C'est la vie qui s'écoule, et qui reprend le dessus. La vie n'aime pas la mémoire. Elle l'encombre. Elle la fige, la soumet au filtre de sa vérité impitoyable. Elle empêche d'agir. Si on se souvenait de tout, la vie serait sans surprise. L'étonnement ne vient que de l'oubli. Le mal aussi.

Devant elle passèrent à toute vitesse les têtes de tournesol tournées vers le soleil. C'était l'été sur les champs. C'était encore l'été, sur la petite maison aux trois cyprès. Elle était en vacances. Seule, elle avait marché sur les sentiers, devant les fontaines, la brume dorée des vignes, les bâtisses au bout des chemins, le chant des cigales, à midi, la lumière aveuglante, midi ou minuit, loin des bruits de la ville. Elle était là, dans les sillons bruns parmi les arbres, les fleurs, les coquelicots, la lavande et les essences de lavande. Dans la pénombre, elle avait vu l'herbe brûler et le berger s'en aller... Les terres de roc et d'altitude, les villages envahis de glycine, à quatre heures, le silence sur les vignes et les collines, le vert bleuté des grands crépuscules.

C'était encore l'été, le ciel était transparent, la terre ocre, la montagne chaude, et sur la pierre du petit mur, elle regardait vibrer l'arc-en-ciel des couleurs, dans le village à la pierre érodée. Elle avançait parmi les tuiles enlacées, sur la place du marché aux grandes corbeilles, puis dans la poussière du chemin, l'ombre flottante de la torpeur, dans les grandes carrières au village perché, et sous la clarté bienheureuse. Elle se sentait seule.

Il a regardé la courbe de ses épaules, ses bras découverts, son cou, sa peau. Son port de tête, sa bouche, le pli de ses cils recourbés, son menton, son cou encore, ses épaules, ses seins. A nouveau, il a eu cette envie de la rejoindre, de la frôler, la toucher. Il a fermé les yeux brusquement sur des images qui venaient de sa mémoire, ou des visions du futur, qui envahissaient tout son être, comme un frisson, le projetant dans une tension extrême. Il a ouvert les yeux. Il n'avait pas le droit à l'erreur. C'était trop risqué d'approcher une inconnue. Il fallait mettre en œuvre une stratégie. D'abord, évaluer ses chances. Faibles. Il ne la connaissait pas, ne savait rien d'elle ; mais pas nulles, puisqu'elle l'avait regardé. C'était possible. Ensuite, la connaître avant de l'aborder, l'observer, savoir d'après les signes qu'elle donnait qui elle était, écouter ce qu'elle livrait d'elle. La surprendre. Etre éloquent, génial, inspiré. Inspirer : la force, la confiance, la sagesse, la sérénité, la maîtrise.

Elle s'est levée. D'un mouvement impétueux, elle a avancé dans sa direction.

Dans l'allée, une odeur a happé ses sens. Rose, myrrhe et santal. Subtilité évanescente, brusque intimité. Il a hésité avant de respirer encore une fois. Il a retenu son souffle.

Elle est passée devant lui, l'effleurant du regard. Sa robe tournoyait autour de ses jambes. Les hommes l'observaient. Ainsi, il n'était pas le seul à l'avoir remarquée. Cela ne lui déplaisait pas. Il l'a saluée au passage, inclinant légèrement la tête, mais sans répondre, elle a avancé ; suivie de près par son voisin, un jeune homme beau et bien vêtu. Qui était-il ? Un collègue ? Une rencontre ? Un ami ? Un compagnon ? Son fiancé ? Son mari peut-être ?

Rose, myrrhe ou santal, senteurs qui exhalent de sa peau comme un souffle, le transportent dans un monde, connu et inconnu, archaïque et futur, une surface calme et tranquille, un pont jeté vers une île, une nuit sans bourrasque, voie lactée, océan fantasque qui le submergent, le prennent par surprise.

Déjà, elle revenait. Elle était seule. Elle avait un gobelet à la main. Il avait manqué l'occasion de l'accompagner jusqu'au wagon-restaurant. Il s'en voulait.

Le train a tangué légèrement. Bousculée, elle a renversé du café sur lui. Elle a murmuré : Oh ! je suis désolée, s'est penchée, l'a effleuré, à la dérobée, et lui, brûlé, qui ne sait que dire.

Il y avait quelqu'un derrière elle. Elle a dû avancer, regagner son siège.

Soudain, il a compris. Le souvenir a empli sa mémoire récalcitrante, sans effort, en même temps que l'effluve de son parfum. Il sut où il l'avait rencontrée.

Lorsqu'il l'avait aperçue, la première fois, il buvait, pour se réchauffer, un café. Cela lui avait fait du bien, l'avait réconforté, alors qu'il avait froid, l'avait désaltéré, alors qu'il avait soif, et avait soulagé le creux douloureux dans son ventre. Elle était près de lui à l'église, et il avait senti son parfum, comme un élément incongru de cette assemblée, un rafraîchissement de l'âme et du cœur.

Il ne savait pas qui elle était, ni pourquoi elle était venue ce jour-là. Il ne l'avait jamais vue. Sa façon de s'habiller, son tailleur strict, son air froid, distant, alors même qu'elle était attentive aux allées et venues des uns et des autres, faisaient qu'on la remarquait même si l'assistance était nombreuse. Non, il n'avait pas oublié ce bref moment à l'église, alors que la peur régnait.

MAIS elle, l'avait-elle reconnu ?
Il s'est passé une main sur la joue. Sa
barbe de plusieurs jours râpait sa peau. Le
matin, il avait pris une douche brûlante sur la
route. Il avait failli emprunter un rasoir au
conducteur de camion, mais il n'avait pas osé.
A présent, il le regrettait. Il prenait soin de son
apparence ; même dans les conditions diffi-
ciles, il ne se laissait pas aller. Il était très sou-
cieux du regard des autres. Depuis qu'il voya-
geait, il était sans cesse confronté à son image
dans les yeux de son prochain.

Il avait du succès avec les femmes. Très tôt,
il a su qu'il était séduisant. Il le voyait dans
leur regard. Elles l'appréciaient et il le leur rendait bien. Il les aimait. Il aimait les charmer.
Il aimait qu'elles lui résistent. Il prenait plaisir

à les faire rire, respirer leur parfum, les regarder, les faire danser. Il les écoutait. Il leur parlait d'elles. Elles lui faisaient don de leur amour sans condition. Il a usé de ce pouvoir. Il en a abusé. Mais c'était dans une autre vie.

Elle a fouillé dans son sac, en a sorti une petite trousse qu'elle a ouverte. D'un geste rapide, elle s'est tamponné le visage devant la glace de son poudrier. Il y a eu un crayon qu'elle a glissé le long de sa paupière. Puis un rouge à lèvres, qu'elle a posé sur ses lèvres déjà rouges.

Elle s'est regardée dans un petit miroir. A présent, elle était différente. Elle avait recomposé une image. Elle avait sculpté sa propre statue. Elle avait peint son visage comme un tableau. Elle l'avait masqué, mais il l'avait vu lorsqu'il était nu.

Il était troublé. Il se satisfaisait de la voir, et il ne s'en satisfaisait pas. Son regard avait envahi sa mémoire, il résumait ses fantasmes. Avant minuit, elle serait à lui.

– QUAND vas-tu comprendre que tout se joue maintenant, pour nous ? Après, il sera trop tard.

Le train avait fait un arrêt dans une gare. L'enfant et la mère avaient pris leurs affaires et étaient partis. Ils furent remplacés par un jeune couple qui discutait avec animation. Ils s'étaient assis juste en face, masquant la vision qu'il avait d'elle.

Devant lui, les collines ondulaient. Les rayons du soleil perçaient encore, illuminant la clairière par à-coups. Les montagnes s'éloignaient dans la vapeur. Les nuages défilaient au rythme du train. On s'approchait de la ville, vertigineusement. Bientôt, ce serait les rues en ligne droite, les arcades, les gens pressés, aux yeux vides, le visage gris comme un mur, un bâtiment, les chambres allumées dans les grands immeubles, les vitres fermées, les volets clos, les familles recroquevillées, les avenues illuminées, interminables, les pavés mouillés par la pluie, les passants anonymes, et les belles inconnues.

Il a sursauté en voyant le contrôleur devant lui. Son cœur s'est mis à battre plus vite. Il avait oublié qu'il était dans ce compartiment de première depuis un moment. Il aurait dû partir plus tôt.

Il s'est excusé.

– Vous n'avez pas le droit, monsieur. Même pour peu de temps. Vous avez votre billet ?

Il a jeté un coup d'œil rapide vers la jeune femme. Il a vu avec horreur qu'elle observait la scène, comme son voisin, et comme tout le compartiment, d'ailleurs.

– Non...

Le contrôleur a ouvert sa mallette dont il a tiré posément un carnet de verbalisation.

– Vous avez des espèces ?

– Non.

– Un chèque alors.

– Je n'ai pas de chéquier.

Il avait dit cela très calmement, avec une parfaite maîtrise, comme si c'était naturel. Le contrôleur lui a jeté un coup d'œil courroucé.

– Mais vous croyez que vous pouvez voyager comme vous voulez, ici ? s'exclama-t-il. Et en plus en première ? Les trains ne sont pas gratuits, monsieur. Alors, puisque vous n'avez pas de titre de transport, vous êtes passible d'une amende, qui peut aller jusqu'à l'emprisonnement, en cas de non-paiement. Vous avez une carte d'identité ?

Il l'a regardé sans répondre. L'autre a répété la question un peu plus fort.

– Vous avez un nom, une adresse, un numéro de téléphone ?

Il l'a regardé un instant, puis il a ajouté :

– Vous n'avez rien qui puisse permettre de vous identifier ? Carte de séjour, passeport, permis de conduire international ?

– Je regrette, monsieur. Je n'ai rien de tout cela.

Il y a eu un silence interminable. Le contrôleur le considérait, mi-étonné par son ton placide, mi-satisfait d'avoir deviné une telle position de faiblesse.

– Dans ce cas, c'est beaucoup plus grave. Beaucoup plus grave, répéta-t-il. Je vous préviens que je vais être obligé de signaler votre présence à la police dès l'arrivée du train... Je vais vous demander de rester à votre place, et de ne pas en bouger jusqu'à l'entrée en gare, sous peine de poursuites judiciaires.

Le contrôleur est resté là encore quelques instants. Il a hésité comme s'il se demandait s'il n'allait pas le surveiller lui-même. Après avoir inscrit quelques mots sur son carnet, il s'est décidé à poursuivre son chemin. Il n'osait la regarder. Il avait honte.

ELLE le regardait. C'était sûr. Elle l'observait du coin de l'œil.

Il a baissé la tête, en se mordant les lèvres. Il pensait qu'il allait être pris à la sortie du train, si le contrôleur mettait sa menace à exécution.

Il devait se dépêcher. Il devait être plus rapide. C'était difficile, mais il avait appris à le devenir, dans tous ces pays qu'il avait traversés sans titre de transport.

Etrange. La perspective d'être arrêté n'avait pas freiné son élan vers elle. C'était plus fort que la peur de la police, plus fort que la vie qui était contre lui.

Il lui parlerait à la sortie du train. Au-dessus d'elle, il y avait une petite valise noire. Sur le quai, il lui proposerait de porter son bagage, et il l'accompagnerait. Et s'il était arrêté par la police, juste devant elle ? Il devait partir d'ici, quitter cette place à laquelle il avait été assigné. C'était humiliant de rester devant tous, et devant elle, après cette scène. Il s'est levé, a traversé le compartiment dans le sens inverse, sous les regards curieux des voyageurs, il est passé calmement devant elle.

A l'ondulation des plaines avait succédé la file des artères de banlieue, géométriques dans l'asphalte. Le train arrivait enfin.

Elle était impatiente, heureuse de rentrer, de retrouver l'agitation familière, l'activité de la ville.

Il était dans le dernier wagon. Il s'est assis. Il n'aurait pas beaucoup de temps pour s'éclipser, si la police était là. Il a enlevé son chapeau, l'a considéré un instant. Ce chapeau de feutre. Combien de fois lui avait-il sauvé la mise. Dix, vingt, trente ? Il se faisait repérer, en tant que

« l'homme au chapeau noir ». Puis il l'enlevait. Personne ne le reconnaissait.

Il l'a soigneusement plié, l'a glissé dans la poche de son pantalon. Puis il a défait sa veste noire, l'a déposée dans le casier à bagages. A force de laisser ses vêtements à droite à gauche, il finissait par n'avoir plus rien à se mettre. A présent, il était l'homme à la chemise blanche.

Il était là, le front collé à la fenêtre, les yeux rivés au paysage comme s'il le voyait pour la dernière fois.

Bâtiments sombres. Rues et ruelles anonymes. Clochards et gens de la nuit, sur des cartons, sous les ponts, endormis dans les vapeurs de l'alcool. Soupes populaires sur la place, longues files de désespoir. Atmosphères des avenues lointaines. Voitures en file d'attente sur la route, pare-chocs contre pare-chocs. Conducteurs énervés, qui hurlent et gesticulent sans laisser passer les piétons indolents. Ceux qui n'ont pas de travail, pas de métro à prendre, pas de victuailles à acheter, pas de réfrigérateur à remplir et pas de rendez-vous. Ceux qui errent à jamais devant les vitrines des restaurants, tables d'abondance, entrée, plat et dessert. Ceux qui sortent des hôpitaux un peu trop tôt, un lit pour la rue. Ceux qui, assis à même le trottoir, savent encore mendier, et ceux qui, trop longtemps couchés, ne savent plus. Ceux qui ont des papiers et ceux qui n'en ont pas. Et pour tous ceux-là, la ville tentaculaire refermait ses bras sans plus jamais les ouvrir.

Il se disait qu'elle allait les absorber. C'est ainsi. Dans la ville anonyme, il n'aurait plus aucune chance de rencontrer la jeune femme du train.

ILS étaient là, arrêtés devant le train, bousculés par les voyageurs pressés de sortir, certains avec de lourds bagages, d'autres sans rien. Les grands et les petits, les jeunes et les vieux, les célibataires et les familles, tous descendaient, pressés d'atteindre le bout du quai pour retrouver leur vie, leurs attaches, leur travail, leur solitude.

Ils étaient nombreux, ils avaient du mal à avancer. Les plus pressés se frayaient un chemin à travers la masse compacte des voyageurs. Mais personne ne se touchait, ne se frôlait, personne ne jetait un regard à droite ni à gauche. Tous les yeux étaient dirigés vers le bout du quai, but ultime du voyage, et départ, peut-être, vers un autre commencement – ou un retour éternel de la vie passée, la routine, l'habitude d'être chez soi, toujours recommencée.

Certains lui jetaient un coup d'œil curieux. Un homme seul, sans bagage, sans valise. Pourquoi quelqu'un voyageait-il sans rien, si ce n'était parce qu'il n'avait rien ? Sur son visage est marqué le signe de l'étrangeté. Il se sentait mal d'être différent. Il aurait voulu être anonyme dans la foule. Il aurait aimé porter quelque chose à la main. Il aurait pu être semblable. Il leur ressemble. Et pourtant il est différent dans leur regard. Il le sera toujours.

Prenant son inspiration, il a voulu dire quelque chose de fort. Mais soudain, il n'a pu trouver les mots. Il aurait aimé lui demander qui elle était, pour quelle raison elle se trouvait là, à l'église, et si elle avait vu ce qui s'était passé. Il aurait voulu en savoir plus.

Et puis, il lui aurait proposé de prendre un verre avec elle... Il ne pouvait pas.

Si seulement il était chez lui en des temps meilleurs. Il l'aurait invitée dans sa maison, sur la colline. Il y avait un grand escalier qui menait à des pièces secrètes. Des manuscrits gardés dans des coffres parlaient d'un autre temps, celui de ses ancêtres. C'était des poèmes qui philosophaient sur la vie, et sa fatale issue, et qui énonçaient une sagesse antique, nostalgique et futile, triste et gaie, car tout n'est qu'apparences et faux-semblants, les agitations, les volontés et les velléités humaines. Ils disaient que rien n'avait de sens, et que nous n'étions que de passage en ce monde.

Il aurait voulu lui proposer de discuter. C'était prendre un grand risque. Et elle, d'ailleurs, pourquoi parlerait-elle à un étranger ? Dans sa langue, ce mot avait deux sens, et lui, il le savait, il était doublement un étranger pour elle.

Alors il s'est souvenu de son pays. Il fallait continuer de manger, dormir, aimer alors même que c'était improbable. Toutes les fois où il avait fallu combattre, et les vitres brisées, les jeunesses arrêtées, les vies saccagées, brûlées de haine. Le jour où ils sont venus écrire à la peinture rouge sur les vitres de sa maison, il a compris qu'il devait partir.

Dix-sept mois de voyage, quatre mois de prison, à passer par des zones militaires, à se perdre dans la forêt, trente heures en camion, de courses dans la nuit, de chiens et de miradors, de caméras thermiques qui scrutent les bois et traquent les hommes comme des animaux.

On lui a passé des menottes, on a inscrit un numéro au feutre sur sa main, on a pris ses empreintes digitales, on l'a photographié pour l'identité judiciaire, on l'a reconduit à une frontière. Une autre. Il est passé, puis repassé, jusqu'à ce qu'il arrive au camp. Et là-bas, il y avait encore cette peur de sortir dans la rue, d'être pris, de traîner tard le soir, de parler trop fort... Ces longues veillées où il fallait attendre, sans cesser d'espérer, patienter pour pouvoir repartir plus loin, plus faible, mais vers la liberté.

Elle s'impatientait. Il faisait chaud. Son maquillage devait couler. Il fallait qu'elle se remette un peu de poudre, mais là, sur le quai, sous le regard de cet homme, ce n'était pas pratique. Et ce vent qui agaçait son chignon. Pourquoi était-elle si nerveuse ? Il était séduisant, cet homme qui portait sa valise. Se surprendre à penser, cela l'énervait. Elle détestait se faire aborder par des inconnus. Il faudrait qu'elle récupère son bagage, elle n'aurait pas dû accepter son aide.

Il y avait eu ces regards dans le train. Elle aurait pu éviter de jeter ces coups d'œil. Il les avait remarqués et elle s'en voulait. Et si c'était un fou ? S'il la suivait depuis le début ?

Un fou, oui... peut-être ? Il avait l'air bizarre, dans le train, avec son chapeau, sa veste noire en plein été, et à présent, plus rien de tout cela. Où était passée sa veste ? Il n'avait pas de sac, pas de bagage. Il ne portait rien d'autre que sa valise. Il ne portait rien...

Un vertige s'est emparé de tout son être. Terrifiée, elle s'efforçait de ne pas céder à la panique qui la gagnait.

Il regardait à droite et à gauche. Si la police était là, tout serait fini entre eux. Les gens autour se pressaient, ils avaient hâte d'arriver. Il aurait voulu que tous s'arrêtent, comme une grande trêve, ou comme un soupir. Oui, il aurait désiré une pause. Mais le temps, lui, continuait sa marche inéluctable. On aurait dit qu'il faisait la course, justement lorsqu'on souhaitait qu'il s'étire.

Il avait l'habitude de la lutte contre le temps : lorsqu'on voudrait qu'il gagne, il se met à perdre. Lorsqu'on lui demande d'être plus lent, il se hâte.

ELLE a accéléré le pas. Son chignon s'est un peu défait, des mèches tombaient sur ses joues, sa robe virevoltait, elle faisait des cercles autour de ses jambes fines, boucles de froid, ou de feu. Ce blanc opaque, ce tissu rêche, gainé. Dans sa famille, la couleur blanche était tabou. Personne n'en portait jamais, il ne savait pas pourquoi.

L'angoisse commençait à la gagner. Il y avait du monde sur le quai. Elle pourrait se défendre, faire appel aux autres. Qu'est-ce qu'il voulait ? Peut-être était-ce un paranoïaque. Il n'avait pas vu qu'elle n'avait pas fait exprès de renverser le café sur lui. Il croyait qu'elle voulait l'attaquer, le provoquer. Il fallait le rassurer, lui faire comprendre que ses intentions vis-à-vis de lui étaient neutres, indifférentes, ou mieux, pacifiques. Oui, c'est cela, pacifiques, c'était le bon mot.

Il se disait qu'il allait lui parler, faire allusion à ce café renversé dans le train, un souvenir commun qui mènerait à un autre, et ainsi comprendrait-elle que tout ceci n'était pas une coïncidence, pas un hasard, mais qu'il leur fallait se rencontrer à nouveau, ce jour-là, sur le quai de cette gare.

Peut-être pensait-il qu'elle voulait l'approcher, qu'elle avait fait exprès de renverser ce café pour établir un contact. C'était lui qui la prenait pour une folle, une érotomane... Une femme qui aborde les hommes en renversant du café sur eux. Quelle horreur. Quelle terrible méprise. Elle s'en voulait d'avoir donné des signes d'intérêt, sans même s'en rendre compte. Ces regards, puis ce contact, pouvaient être interprétés comme autant de gestes envers lui.

Il sentait qu'il était en train de la perdre, de l'énerver, de la brusquer maladroitement. Il comprenait qu'elle n'avait pas beaucoup de temps à lui accorder.

Il hésita à lui parler de ce livre qu'elle lisait. Il préférait la musique. Le soir, dans son pays, lorsque l'on se rassemblait, instant magique, que l'un chantait et l'autre dansait, l'espace d'un moment, il oubliait tout. Il s'échappait dans cet univers qui permet de voir et de créer la réalité, de lui donner une forme sensible. Le vin, la musique et la nuit lui ont fait pressentir, depuis l'enfance, la puissance et la force de l'amour. Car il n'est rien comme la musique pour ouvrir les portes secrètes d'un cœur, les tourments d'une âme, les aspirations et déceptions, les attentes de la vie. Il n'est rien comme la voix humaine pour produire cet effet terrifiant, immémorial, plus fort que les mots et les gestes, les paroles et les grands airs... Il était sensible aux voix des femmes.

La sienne était particulière, légèrement rauque, dure. Elle tranchait avec le reste de sa personne, tellement civilisé, policé.

Elle a vu qu'il regardait le livre qui dépassait de son sac. C'était un gros pavé blanc, sur lequel était noté en lettres violettes : *Droit administratif.*

Elle l'a sorti davantage. C'était la parade absolue, l'outil antiséduction, l'arme fatale. C'était même rédhibitoire. Sauf s'il était professeur de droit, auquel cas il pourrait en parler pendant des heures. Mais il n'avait pas l'air d'un professeur.

Il s'est mordu les lèvres. Il savait ce que c'était. Son frère enseignait le droit dans son pays. Sa bibliothèque était remplie de livres aux titres similaires. Il regrettait à présent de ne jamais s'être intéressé à cette discipline et d'avoir si souvent rejeté ses tentatives d'explication.

Ils avançaient ainsi, à petits pas, jusqu'à une rambarde qui descendait sur les quais d'arrivée, par les noirs souterrains.

Elle avait le choix de descendre, ou de continuer sur le quai. Elle pensa au contrôleur.

Son regard s'était radouci. Il s'est rapproché d'elle. Elle a fait un pas de côté. Il s'est éloigné. Elle a avancé. Lui aussi. Un curieux ballet s'esquissait, un pas de deux fait de deux pas de un.

Soudain, elle s'est arrêtée. Elle a ouvert son sac, a sorti son poudrier. En se regardant dans la glace, elle s'est à nouveau tamponné le visage par touches légères. Il était là, à côté d'elle, gêné et fasciné. Elle était charmante. Elle avait des yeux chatoyant de couleur et de vie, subtils, mobiles. Elle avait un regard chaleureux. Elle était fine. Son corps exprimait en même temps la grâce et la force, la mesure, la discipline d'une danseuse. Elle n'avait pas la sensualité des femmes qu'il avait connues. Il y avait quelque chose de sec et de dur dans son physique. Mais elle se mouvait tel un petit chat, d'une façon discrète et gracieuse. Il émanait d'elle quelque chose de positif et de gai, de fondamentalement énergique. Il y avait une grande force qui se dégageait du fond de son regard, des mouvements de son corps. Il a regardé ses jambes, ses bras, ses lèvres. Elle était délicieuse. Il avait envie de l'embrasser.

Elle a rangé son maquillage, en lui jetant un rapide coup d'œil.

Elle l'a remercié, lui a dit brièvement qu'elle allait reprendre sa valise.

Elle lui a tendu la main, d'un geste amical, pour lui dire merci et au revoir.

Il a pris cette main, s'est légèrement penché vers elle, d'une façon désuète.

Elle a récupéré sa valise. Elle a repris la marche, l'avancée, de grandes enjambées. Son pas, pressé, ne cessait d'accélérer.

Il a regardé ses jambes fines perchées sur ses talons, ses cheveux clairs aux reflets dorés, relevés par son chignon qui s'effilochait.

Tout en elle semblait aspiré vers le lointain, sa silhouette menue, la détermination de son pas, la posture volontaire. Sa robe dansait dans le mouvement et le vent. Et soudain il s'est hâté de la suivre.

Il la voyait, devant lui, qui s'en allait. Il ne savait que faire pour la retenir. Une fille comme elle, se dit-il, il faut l'emporter au galop, le sabre entre les dents.

Il s'est arrêté, sur le quai. Non, bien sûr que non. Il ne devait pas la poursuivre. Il ne le pouvait pas. Elle allait croire qu'il était fou, ou désespéré. Ce n'était qu'une chimère, une vue de son esprit. Un produit de son imagination. Un jour peut-être il serait arrêté, reconduit à la frontière. Il lui faudrait revenir, et attendre, patienter encore pour aller là-bas... Il n'en pouvait plus. Il était anesthésié, épuisé par ces longs mois de traversée. A présent, il n'avait que ses rêves et il l'avait suivie. Il n'avait plus froid, plus faim, il n'était plus triste. Il aurait voulu pleurer. Mais il ne savait pas. Il n'avait jamais su.

Il a décidé de la laisser partir.

Il n'avait qu'à avancer, en attendant la suite. C'était tout ce qu'il pouvait faire à présent. Rester calme, serein, marcher sans réfléchir. Se laisser porter par les événements. Jusqu'au moment où il serait arrêté. Jusqu'au bout du quai. La fin de l'aventure, la fin du rêve. Et rester, jusqu'à la mort.

C'est à ce moment précis qu'elle a fait volte-face. Et, l'air dégagé, elle s'est dirigée droit vers lui.

– AH, vous revenez.

Il lui a souri. Mais elle lui a lancé un regard sombre, désignant le bout du quai.

Il a regardé, droit devant lui. Juste à ce moment, le contrôleur du train s'est approché des deux hommes en képi. Il s'est mis à leur parler. Tous les trois se sont tournés vers le quai. Ils ont commencé à scruter les visages de ceux qui arrivaient. Ils se sont légèrement éloignés l'un de l'autre. Ensemble, ils formaient une sorte de barrage.

Elle lui a tendu sa valise, puis son bras, en lui faisant le signe de les prendre.

– Ils vont chercher les hommes seuls, je pense. Mettez-vous du côté gauche. Ils ne vous verront pas.

Il la tint par le bras. Ils marchèrent, d'un pas raisonnable, sans trop se presser pour ne pas se faire remarquer.

Il ne savait que lui dire. Il aurait aimé lui raconter son histoire. Un soir, il était sur la route, à pied, seul dans la nuit. Il était à bout, il voulait dormir, simplement. Il ne savait plus où aller. Il avait fini par monter dans un camion, sur une aire d'autoroute. Il s'était assoupi là, épuisé. Quand il s'était réveillé, ils étaient déjà loin. Le camion roulait vers le Sud. A présent, il fallait rentrer au plus vite. En téléphonant la veille, il avait appris qu'il y avait une place pour lui dans le prochain convoi. C'est pourquoi il était monté dans le train le plus rapide, sans acheter de billet. Il avait juste assez d'argent pour payer le passeur. Le rendez-vous avait lieu le soir même, à minuit, devant un troquet près de la gare.

Après avoir traversé la mer, il déposerait une demande d'asile. Il obtiendrait une aide immédiate des autorités. Là-bas, au bout de six mois, on a le droit de chercher légalement du travail. Pas de carte d'identité, aucun contrôle dans les rues... Oui, là-bas, c'est la liberté. C'était pour y aller qu'il était parti de son pays, sans rien dire, brutalement. Il s'était défait de ses chaînes, dans la nuit, juste un sac, pour se libérer, partir sans y penser, pour éviter la peur du lendemain et de tous les jours qui suivraient, pour fuir la terreur. Il a plié bagage, pour sauver sa vie.

Elle en avait vu, des étrangers, depuis qu'elle exerçait ce métier. Ils cherchaient la liberté à tout prix, prêts à mourir pour elle, électrocutés, écrasés, asphyxiés...

Elle avait été envoyée dans le Nord pour son stage. Ce n'était pas son premier choix. Elle aurait préféré s'en aller très loin, ailleurs, dans d'autres pays. Elle avait besoin de voyager, de voir d'autres continents. Elle n'avait pas arrêté d'étudier depuis qu'elle était entrée à l'Ecole. Elle était contente de partir bientôt, pour la partie étrangère de son stage.

Oui, elle les avait connus, ceux qui étaient arrivés dans le Pays. Après la fermeture du camp, ils s'étaient cachés dans les champs. Ils étaient plus d'une centaine à se réfugier dans les forêts et les bois autour de la ville. Ils s'entraidaient, se donnaient des conseils, apprenaient à survivre grâce à un peu d'eau et de pain, du feu et quelques vêtements donnés par les habitants et les associations.

Puis la police avait commencé à murer les bunkers sur les plages du littoral, ainsi que les logements vides. Le Préfet avait fait venir du renfort, près de cinq cents gendarmes, pour augmenter le nombre de contrôles et empêcher « les occupations sauvages ». Il devenait chaque jour plus difficile de passer, les routes étaient coupées et les tensions montaient, des disputes explosaient, lorsqu'ils tentaient de trouver d'autres chemins, d'autres voies, plus périlleuses les unes que les autres. Elle avait assisté aux bagarres, lorsque les passeurs encaissaient l'argent sans remplir leur contrat. De loin en loin, on voyait des attroupements, et c'étaient des cris, des coups, des hommes fous de rage et de désespoir, qu'il fallait calmer, séparer, parfois trop tard. Certains étaient morts pour la liberté, sautant sur le toit d'un train, ou étouffés dans les camions.

S'ils savaient... S'il savait, lui, que c'était inutile, que les demandes d'asile déposées de l'autre côté de la mer seraient bientôt traitées dans les pays d'origine, l'aide du gouvernement refusée à ceux qui n'avaient pas déclaré leur présence dès leur arrivée, que les enfants ne seraient plus admis dans les écoles et qu'ils recevraient une éducation séparée, qu'ils seraient envoyés en camps d'hébergement. Des centres aux allures de prisons, aménagés dans d'anciennes bases militaires, loin des villes et loin de l'emploi...

S'il savait ce qui l'attendait... Il n'aurait plus aucun espoir. Mais s'il l'ignorait, ce serait peut-être pire... On lui a dit, à l'étranger, que la Communauté était la terre des droits de l'homme.

Elle ne pouvait pas lui dire la vérité. Là-bas, il n'y avait rien pour lui. Et il ne devait pas revenir dans son pays.

Elle non plus n'aurait pu retourner dans sa province. Une région frontalière de la Communauté, à l'est. Une ville inhospitalière qu'elle voulait quitter depuis son enfance. Elle s'y était toujours sentie mal. Les habitants étaient refermés sur eux-mêmes, peu accueillants. Il faisait froid sur la ville, et froid dans les cœurs. Elle aurait voulu naître ailleurs, là où il fait meilleur, dans le Sud. A force de volonté, elle avait construit sa vie, gravi les échelons un à un, passé les concours. Elle était montée à la capitale. L'Ecole, pour elle, c'était la liberté. A présent, elle faisait partie de l'élite de la nation, comme ils disent. Elle était payée pour faire ses études. De tous elle était respectée. Cela n'était pas facile, elle n'était la fille de personne. L'Etat croyait en elle et elle le lui rendait bien. Elle était son enfant, sa créature. Elle était fière de sa position, conquise à force de volonté, de courage et d'endurance. Elle aurait voulu oublier d'où elle venait, ce patelin mixte où on parlait deux langues. Elle en était sortie. Elle s'en était sortie. Elle était heureuse et fière de travailler pour l'Etat et la Communauté.

Il la tenait par le bras.

Il faisait tout pour paraître calme, serein, pour inspirer la confiance, et ce n'était pas simple. Il fallait qu'il lui montre qu'il avait de la pondération, de la sagesse. Mais au fond de lui il y avait toujours la peur, cette amie trop fidèle. Cette sueur froide, ce cœur qui s'emballe, sursaute, s'arrête, se remet en route. La peur viscérale, incontrôlable. L'estomac qui se noue, et qui tombe, qui tombe, qui n'arrête pas de tomber. Les jambes se ramollissent, les genoux se mettent à vaciller. La peur de sortir, la peur de ne pas sortir, la peur de la nuit et celle du jour qui se lève. Celle d'être en faute, à chaque policier, à chaque voiture bleue. A chaque voiture blanche. A chaque voiture. Ne pas être dans son droit, jamais. Etre agressé.

Peur de s'échapper. De réussir, aussi. La peur, premier sentiment humain, le plus originel, le plus universel. Tous les hommes ont peur. C'est ce qui les rassemble. C'est ce qui fait qu'ils se regroupent, pour se protéger contre la peur par des lois.

Pour lui fausser compagnie, il fallait penser à autre chose. Il s'est imaginé qu'ils étaient vraiment ensemble. Et parce qu'il ne fallait pas penser au barrage de police, il en a profité pour tout vivre par l'imagination. Il se disait que ce serait incroyable, magnifique. Ils seraient là, ensemble devant un jet d'eau sur le champ vert au crépuscule, le soleil comme une grosse boule rouge, le fleuve brillant sombre comme son regard gai, triste et profond, et ils sortiraient glorieusement, imprécis, indécis, infinis.

Il était déjà passé par la capitale. Il s'était promis, lorsqu'il avait froid, qu'il y reviendrait un jour avec la femme de sa vie, celle qu'il aimerait. Cette idée, qui l'avait aidé à tenir, fut sa nourriture lorsqu'il avait faim, la source à laquelle il s'abreuvait lorsqu'il avait soif.

Car la capitale est la ville où coule le fleuve, où l'amour vient se régénérer, la ville historique qui envisage le futur dans le présent et le présent dans le futur. Les amants y jettent une ancre, un principe, un fondement, afin que le rêve qu'ils vivent ne soit pas pour eux celui de l'instant. Le bonheur, c'est le bonheur de la capitale, magnifié par le temps.

Dans le centre de la ville, en son cœur précieux comme un écrin, l'île après l'île après l'île, il a marché parmi les amoureux. Il est allé sur les rives du grand fleuve, il est resté longtemps sur le pont, il y a fumé une cigarette. Jamais il n'a connu d'endroit où les couples s'enlacent et s'embrassent. Dans le reflet de l'eau, ils se regardent en train de se souvenir de cet instant, et ce faisant, en vivant ce moment sous l'œil suprême du futur, le rendent plus grand et plus intense encore.

Et il se souvient du crépuscule, devant le fleuve. Il a dormi là, à même le sol, sous le pont, devant lui, la cité antique et l'eau. Et sous sa couverture, près de ceux qui couchaient sur des cartons, il s'est dit qu'il y reviendrait un jour, car il y a des maisons sur l'eau, et ce serait pour lui la ville de l'amour. Et sous sa couverture, il était un roi.

Il se souvient du soir sur les berges du fleuve, avec le ciel aux images comme la fumée grise et noire, petites volutes irréelles et douces.

Le soir, il oubliait tout. Le soir, il n'y avait plus de passé. Juste une réminiscence, un futur, un futur pur. L'espoir. Il avait entendu une musique, qui se rapprochait. Quelqu'un jouait du saxophone. Cela venait d'un bateau au sillage rouge. Alors il s'est levé, sur les berges, il s'est mis à danser, tout seul, bientôt rejoint par les autres. Ils le regardaient : un spectacle pour les familles, les femmes, les enfants, les clochards, les étrangers. Il tournait, et son corps l'emportait vers les veillées de son pays. Il dansait. Bientôt, les basses ont rejoint le musicien. Il en sentait les vibrations dans son corps, c'était le rythme de la vie.

Il y avait une fête sur un bateau, et il a vu les serveurs très formels proposer une coupe de champagne aux gens vêtus de complets et de cravates. Tout cela lui semblait si proche à présent. Si proche et si lointain.

Il se dit qu'il était en train de rêver, que cela n'arriverait pas. Il ne serait jamais avec une fille comme elle devant le jet d'eau au crépuscule.

Et lorsqu'elle accéléra le pas, il comprit qu'elle était heureuse d'arriver enfin à la gare, prête à regagner son logis. Il se demanda comment c'était chez elle. Etait-ce bien rangé, était-ce en désordre ? Etait-ce grand ou petit ? Avec plusieurs pièces ou une seule ? Elle n'avait qu'une petite valise. Elle était légère dans son voyage. Chez elle, ce devait être simple, sans objets. Elle devait avoir hâte de rentrer, et pourtant, elle avait bien voulu l'aider, lui, l'inconnu, qui n'avait pas de toit. Lui le nomade, qui était de passage, le migrant, comme ils disent.

A CÔTÉ de lui, elle marchait. Elle avançait. Elle a jeté un œil à droite et à gauche. Devant, la police. Derrière, l'infini des rails, elle le tenait fermement par le bras.

C'était rassurant de penser qu'il n'était pas fou, qu'il avait juste besoin d'elle pour traverser le quai. C'est la raison pour laquelle il l'avait abordée à la sortie du train. Ce n'était ni pour l'agresser ni pour la séduire. Elle avait eu tort de céder à la panique. Parfois elle était trop fragile, il fallait qu'elle soit plus forte, plus responsable, sinon elle ne serait jamais capable de partir.

Elle sentait son bras contre le sien, un bras fort, puissant.

« Non, entendit-elle, et c'était la voix de sa mère, tu ne vas pas te commettre avec un moins que rien que tu as rencontré dans un train, un minable même pas capable de payer son billet, un fraudeur, un voleur qui n'a pas de ticket... Un clandestin ! Ma pauvre fille, quelle déchéance. »

Une femme petite, étroite, froide. Elle était tellement organisée, il ne fallait jamais rien changer à son ordre, à ce qu'elle avait décidé. Elle passait son temps à ranger. Il fallait toujours que tout fût propre, classé, impeccable. Lorsqu'elle allait lui rendre visite, elle ne parvenait pas à manger, ou alors elle était prise de boulimie.

Elle avait peur de lui ressembler. Elle faisait des rêves d'eau, avec des poissons maléfiques qu'il fallait attraper mais qui glissaient, et elle disait : Je ne veux plus retourner dans cette eau. C'était étrange, la présence de sa mère l'angoissait et pourtant, il n'y avait que sa mère qui pouvait la rassurer. Quelques semaines auparavant, elle avait été opérée d'une appendicite. Elle avait tellement souffert qu'elle avait eu besoin d'elle, d'entendre sa voix, comme s'il n'y avait qu'elle qui pouvait calmer son angoisse.

Mais sa mère, pour une fois, n'était pas disponible, elle n'avait pas pu lui parler.

Petite, elle s'était souvent demandé si son père était heureux avec elle. Il était perdu dans son monde, l'entreprise dans laquelle il travaillait, qui occupait ses journées et ses pensées après les journées. Il rentrait très tard les soirs de son enfance. Il lisait le journal, regardait la télévision, n'écoutait personne. Dans sa jeunesse, il avait voyagé : il avait loué un bateau pour faire le tour du monde avec des amis. Elle se demandait comment il avait pu abandonner toutes ses illusions, ses rêves, ses désirs, pour vivre dans cette petite ville, cette allée de maisons préfabriquées.

Un jour, alors qu'elle était encore une enfant, elle avait rencontré une jeune femme dans l'entreprise de son père, et elle avait eu le sentiment qu'il y avait quelque chose entre eux. Sans pouvoir expliquer pourquoi. Peut-être un regard trop appuyé, curieux, dans sa direction ? Peut-être l'intérêt de son père pour cette femme ? Ou simplement parce qu'elle était jolie, plus que les autres employées ? Alors elle avait mené l'enquête, et interrogé la jeune femme sur son cursus, la date de sa venue dans l'entreprise. Elle avait senti qu'elle avait vu juste. Sans pouvoir l'expliquer, juste une émotion. Depuis, elle se méfiait de ses intuitions. Elle préférait les rejeter d'emblée.

Les jours suivants, elle avait été malade comme jamais, une terrible grippe avait envahi son corps puis son esprit, pendant des jours et des nuits. Ce n'était pas le choix de son père qui la gênait, elle était presque heureuse qu'il ait une existence indépendante de son foyer, c'était simplement sa vision de la vie qui s'écroulait.

Lorsque ses parents divorcèrent, elle resta seule avec sa mère et sa sœur. Elles voyaient leur père un week-end sur deux. Il vivait avec la jeune femme qu'elle avait vue à l'entreprise. Quelques années plus tard, une autre femme lui succéda. Sa mère, qui était seule, disait que « ses filles, c'était sa vie ».

A présent, depuis qu'elle était montée à la capitale, elle s'était éloignée d'elle. Elle ne voyait pas sa sœur non plus, n'avait presque plus de nouvelles. De temps en temps, une carte arrivait d'Afrique, ou d'un pays d'Asie.

Lorsqu'elle repassait par la capitale, elle ne venait pas la voir. Elle le regrettait, se demandait quel genre de vie menait sa sœur. Elle avait trois ans de moins qu'elle, mais s'était toujours sentie plus âgée. Depuis l'enfance, sa sœur avait été révoltée : elle n'avait pas fait d'études, n'avait pas de métier, pas d'ami fixe, et elle détestait leur père. Elle le haïssait passionnément mais n'arrêtait pas de parler de lui, les rares fois où elles se voyaient. Elle n'arrivait pas à s'échapper des querelles de l'enfance. Elle lui en voulait, aussi, d'avoir toujours des liens avec ses parents, ou peut-être était-elle jalouse ? Elle n'avait que mépris pour sa vie rangée, à son âge, comme elle disait, au cœur du système. Elle n'était pas heureuse, n'était pas en paix avec son histoire. Pourtant, elle était déjà adolescente lors du divorce de leurs parents. Elle aurait pu comprendre. Des années après, elle ne l'admettait toujours pas. Elle avait du mal à y survivre. Elle en voulait aussi à sa sœur de s'en être sortie mieux qu'elle. A Noël, même pas un baiser, pas de cadeau, et bientôt une grande absence. Juste un trouble. Elle détestait Noël. Elle avait l'impression que tout cela était factice, que rien n'était vrai, que la famille, comme disait sa sœur, ça ne veut rien dire. Elles auraient pu s'épauler, être amies. Elles n'avaient jamais pu, jamais su échanger une affection quelconque.

Elle lui a serré le bras davantage. Il a senti ses mains l'agripper. Ils étaient ensemble, la police, encore à quelques mètres... Il fallait qu'ils aient l'air de se connaître, qu'ils paraissent naturels.

Il ne savait quoi lui dire. La peur d'être pris venait de surgir en lui, glaçant ses sens, son intelligence. Elle rendait sa bouche sèche. Il ne trouvait pas de sujet, les mots ne venaient pas.

Le contrôleur les observait. Les trois hommes tournèrent la tête dans leur direction.

Il s'est dit calmement qu'il était perdu. Il aura fait ce qu'il pouvait... Tant pis pour lui. Son cœur s'est serré. Cette fois, il était pris... Son cœur battait dans sa poitrine. J'ai été inconscient. Je ne devrais pas être là. Mais c'est fini. Son cœur s'arrêta de battre. Adieu. Après tout, tant pis.

Elle regardait de biais, pour observer la police, les yeux mi-clos. Elle aussi devait avoir peur.

Ils ont fait encore quelques pas.

– Je crois qu'ils m'ont vu, dit-il. Merci, et...

– Dites-moi quelque chose, murmura-t-elle en se plaçant devant lui, de manière à le cacher autant que possible. Il faut faire comme si nous nous connaissions.

– Vous revenez du Sud ? demanda-t-il, le regard plein d'espoir.

– Oui, j'étais en vacances.

– On dit que dans le Sud, la mer est plus belle.

– Je préfère la campagne. Il y a trop de monde là-bas.

– Alors vous devez apprécier la solitude.

– Non, je n'aime pas ; mais c'est ainsi. Parfois, on la trouve malgré soi.

– Moi non plus je n'aime pas voyager seul... Mais je n'aime pas voyager en groupe non plus.

Il pensait aux gens pressés les uns contre les autres dans les camions sans fenêtre.

– Moi aussi je déteste ça.

Elle pensait aux groupes qu'organisaient les

agences de voyages dans les pays plus ou moins exotiques.

— Je crois que vous et moi nous nous connaissons vraiment, murmura-t-il soudain.

— Vraiment ?

— Oui, rappelez-vous, c'était à l'église... Vous aviez ce parfum, le même que celui que vous portez aujourd'hui. C'était étrange, ce parfum, en ce lieu. Je me suis demandé d'où venait cette odeur. J'ai tourné la tête, et je vous ai aperçue. Et tout à l'heure, dans le train, c'est comme cela que je vous ai reconnue.

Elle le considéra un instant. En effet, sa voix lui était familière. Cet accent, indéfinissable, elle l'avait déjà entendu. Il lui semblait le connaître, mais elle ne savait pas d'où. Cette voix grave, mélodieuse, modulée avait quelque chose de particulier, un timbre agréable, presque chantant, en même temps très posé, calme. C'était un souvenir lointain, fragmentaire, comme s'il fallait faire un effort pour retrouver un monde perdu.

– Comment savez-vous que c'était moi ? Beaucoup de femmes portent ce parfum.

– C'était vous, j'en suis certain. Et pourtant ce n'était pas vous. Vous étiez différente. Vos vêtements, votre attitude. Tout le monde avait peur, mais vous, vous restiez calme. Même lorsqu'ils sont venus... Que faisiez-vous là-bas ?

– Mon travail.

– Vous êtes membre d'une association, ou peut-être journaliste ?

Elle hésita. Se taire en cet instant pouvait provoquer un malaise. Mais lui dire qui elle était serait encore pire.

– Je crois qu'ils approchent. Venez, mettons-nous là.

A côté d'eux, il y avait un grand pylône, derrière lequel ils pouvaient se cacher.

Elle a jeté un coup d'œil à sa montre, elle allait être en retard.

Tout d'un coup, il n'eut plus envie de la séduire. Il ne regardait plus ses épaules, son cou, son visage de la même façon. Il voyait une autre femme. Quelque chose en elle l'avait bouleversé. Elle était revenue vers lui sans rien en attendre, juste pour l'aider. Elle était là simplement pour lui. Son cœur s'était mis à battre d'une ardeur et d'une douleur bien plus grandes, comme s'il était transpercé.

Ainsi elle l'avait aidé, c'était incroyable, il ne trouvait pas les mots pour décrire ce qu'il ressentait, ne parvenait pas à réfléchir, c'était la première fois que cela lui arrivait, c'était lui qui devait la séduire, et voici qu'il était sous le charme qui se dégageait de sa personne, comme il ne l'avait jamais été. D'ordinaire, il parvenait à provoquer plutôt qu'à ressentir la fascination, et là, soudain, il savait qu'il avait des choses à apprendre d'elle, qu'elle avait des révélations à faire, qu'elle possédait un savoir à lui faire entendre, à lui révéler, il se sentait tout petit, lui qui avait eu tant de femmes autrefois, bravé tant de périls, qui avait fait face au froid, à la faim, à la nuit sans fin.

Ils étaient derrière le pylône, qui les cachait à la vue de la police. Elle a penché la tête vers le bout du quai. Les policiers étaient là, postés devant les issues. Elle hésitait. Il avait besoin d'elle. Elle ne savait que penser. Elle rencontrait beaucoup de gens dans le cadre de son stage auprès du Préfet. Des conseillers généraux, des maires, des responsables administratifs, des ministres, même, et puis de l'autre côté, des commerçants mécontents, des riverains en colère, des policiers fatigués, des présidents d'associations de droits humanitaires. Il fallait parler à tous ces gens, leur expliquer que le Préfet était en train de traiter le dossier. Elle apprenait à se protéger, à se tenir à l'écart de ceux qu'elle croisait.

Mais pourquoi se défier de lui ? Il avait l'air fort et résistant, mais elle voyait bien qu'il était pâle. Il avait peut-être faim, il fallait lui donner de l'argent. Elle n'avait pas l'habitude de le faire. C'était délicat. Elle lui a demandé s'il se sentait bien.

Il lui a répondu que tout allait bien, il la remerciait. Il ne voulait pas de sa pitié, il n'avait jamais été en telle posture devant une femme, c'était gênant. Bientôt, elle allait lui proposer de l'argent.

Elle lui a proposé de l'argent. De son portemonnaie, elle a extrait deux billets. Discrètement, elle les lui a tendus.

Il a regardé les billets. Le cœur serré. Tout son être amoindri, recroquevillé de honte. Puis il a senti une rougeur empourprer ses joues, son visage. Pour la première fois, il faisait face à sa condition, qu'il n'avait jamais vraiment admise. Il était pauvre, c'était temporaire. Mais là, soudain, tout devenait différent. Il était un pauvre. Sa misère lui tombait dessus, d'un seul coup, sans qu'il s'y attende, et il n'arrivait pas à s'en relever. Ces mois et ces mois de fuite, de galère, la faim, le froid, le manque d'argent qui fait que tout devient un problème, tout lui apparaissait à présent clair, évident. Sa condition. Il n'avait pas vu une telle somme depuis longtemps. Elle lui aurait permis de regagner le centre sans se faire prendre, de manger le soir et les jours suivants. Manger... C'était tellement infamant. Comment avait-il pu tomber si bas. Quel déshonneur, quelle pitié. Elle pensait qu'il voulait de l'argent. Il avait du mal à déglutir. Il a senti comme un océan de désespoir, de tristesse et d'apitoiement sur lui-même, qui l'a submergé. Sa propre détresse le suffoquait. Il a refoulé les larmes qui montaient à ses yeux. Il était ridicule, il s'était cru un prince, mais il n'était qu'un pauvre pitre. Jamais il ne pourrait la conquérir.

Par un effort de volonté, il a redressé son dos qui venait de se voûter. Il a desserré ses poings fermés, il s'est tenu très droit, l'a regardée dans les yeux et ainsi, il est parvenu à reléguer, loin dans le creux de son cœur, le secret de son âme offensée.

D'elle, il voulait tout, sauf la gentillesse. Les gens trop gentils sont inquiétants. Ce n'est pas leur générosité elle-même, ni la bonne volonté et le dévouement empressé qui généralement l'accompagnent, mais la façon dont leur cœur se tourne vers le bien qui est incommodante. Pendant un instant, il l'a détestée passionnément, cette bonté, du plus profond de sa honte, il s'est mis à haïr celle qui venait de faire preuve de compassion envers lui, comme il n'avait jamais haï personne. Cette haine, c'était son orgueil ressuscité.

Elle a refermé bien vite la main. Elle a remis l'argent dans son porte-monnaie, honteuse à son tour. Elle l'avait froissé. Elle en était terriblement vexée. Il était ombrageux, fier et orgueilleux. Tant pis pour lui. Peut-être se méfiait-il d'elle. Peut-être était-ce excessif. Elle aussi se défiait de la bonté lorsqu'elle se montre ou même se devine.

Pourtant, elle aimait les autres. Elle détestait se retrouver face à face avec elle-même. Non, elle n'avait pas apprécié ces vacances passées seule à la campagne. Elle était angoissée, elle devait réfléchir, à elle, sa vie, ses choix, mais elle n'avait rien conclu. Plus tournée vers l'extérieur que vers elle-même, elle ne se penchait pas sur ses désirs. Elle n'aimait pas sonder les arcanes de son cœur, elle était trop rationnelle pour cela. Elle avait eu une éducation rigide, une suite d'interdits. Parfois, elle aurait aimé se laisser aller à l'expression de ses sentiments, prendre le temps de rêver... A l'Institut, on lui avait appris à penser en trois parties : thèse, antithèse, synthèse. Elle avait appris à voir la vie de cette manière.

Elle l'a regardé, perplexe. Et à nouveau, elle s'est mise à douter. Que voulait-il s'il ne voulait pas de son aide, de son argent ? Cela ne lui plaisait pas. Elle s'était trompée sur son compte. Thèse. Il voulait la séduire. Antithèse. Il avait besoin d'elle pour passer le quai. Synthèse ?

Il avait l'air à la fois violent et délicat. Quelque chose de poignant et de fort se dégageait de lui... Thèse. Ces yeux profonds et tristes, cette assurance, cette façon d'être avec elle, ce corps musclé habité avec aisance. Antithèse. Cette cicatrice au coin de la bouche, cette tristesse dans les yeux. Synthèse, et ouverture à une autre problématique : ce coin de la bouche, pourquoi l'a-t-elle remarqué, elle qui ne prête pas attention à ce genre de détails ?

Il fallait se souvenir du moment exact où elle l'avait vu. Il fallait faire un effort pour le retrouver dans un coin de sa mémoire, qui l'avait classé. Affaire sans importance ? Ou trop importante ?

Depuis que le camp avait été fermé, ceux qu'on appelait « les migrants » s'étaient réfugiés dans l'église. Le Préfet avait tout tenté pour la faire évacuer. Elle avait pour mission de le seconder dans cette entreprise. Cela ne lui avait posé aucun problème, son souci était de plaire au Préfet, d'avoir une bonne note de stage. C'était capital pour sa sortie de l'Ecole, pour son classement, qui était son objectif principal. Le Préfet avait expliqué que les étrangers sont mieux chez eux que dans ce pays où ils n'auront jamais rien. Le ministre, en fermant le camp, a déclaré que la Communauté avait voulu envoyer un message au monde. Bien sûr, disait-il, il n'était pas possible d'instaurer un mur, qui aurait été inefficace dans ce cas, mais il prévoyait la mise en place « d'un corps d'officiers de la Communauté » pour résister à l'immigration venant de l'Est, et aussi à l'immigration venant du Sud. Selon lui, la Communauté était pour chacun l'élément de force qui permettrait de lutter contre l'immigration.

Pour cela, il fallait que la Communauté cesse d'être une « passoire ».

Alors il y avait eu toute une série de décrets. Il y avait eu le rappel des gendarmes pour lutter contre l'arrivée des réfugiés, et aussi contre leur départ, dans la nuit, lorsqu'il fallait les arrêter. Parfois ils étaient cent, deux cents, à traverser l'autoroute, à sauter dans les camions et les trains. Il avait fallu envoyer des patrouilles entières pour les contrôler. Puis il y avait eu la fermeture des bunkers et des abris, et finalement, celle du camp. Ceux qui avaient accepté de demander l'asile avaient été conduits dans des centres d'accueil situés hors de la région, ou des centres d'hébergement d'urgence, où ils avaient cinq jours pour faire leur demande, et, en cas de refus, ils seraient reconduits à la frontière. Les autres erraient dans la rue, cherchaient des logements de fortune...

Intimidations, arrestations, invitations à quitter le territoire, ou arrêtés de reconduite à la frontière, passage à tabac par un policier du côté du port, oui, elle avait vu tout cela... Et plus encore.

L'église... Bien sûr, l'église. Après la fermeture du camp, c'est là que certains s'étaient blottis, difficile de ne pas s'en souvenir. Elle avait préféré tout oublier, c'était plus confortable. Parfois, il vaut mieux oublier pour continuer de vivre. Même son rapport au Préfet avait été oublieux, par nécessité et par devoir. Elle avait dû enlever la mention de ce qu'elle avait vu. Tout était allé si vite, il valait mieux ne rien dire, ne rien faire, effacer la scène de sa mémoire, comme sur le papier. Faire table rase.

Elle l'a regardé. Et tout à coup, elle a vacillé. Elle se demandait si elle avait apprécié ce travail, même si elle était une simple exécutante. Elle ne s'était jamais posé la question, obnubilée par le but à atteindre, et pourtant elle savait, oui, elle savait qu'elle aurait préféré ne pas être ce jour-là à l'église.

Elle le regardait, l'étranger qui était devant elle.

Il ne savait pas. Il n'avait pas compris quel était son métier. Chef de Mission auprès du Préfet...

La mission en question était de traiter le dossier des migrants. C'est-à-dire de faire évacuer le camp, l'église, la ville et la région. De régler le problème des étrangers.

Elle aussi, enfin, s'était arrêtée.

ELLE a sorti un paquet de cigarettes. Elle lui en a offert une, qu'il a prise. Elle a allumé la sienne, avant de lui tendre le briquet, puis, se ravisant, elle a proposé de la lui allumer. Il a accepté.

— Merci.

La flamme a crépité dans ses yeux immenses, d'une faible lumière.

Il suffisait de peu pour qu'il reprenne espoir, pour qu'il lui pardonne sa bonté, qu'il désire à nouveau la connaître, l'écouter, la séduire.

Elle a rougi en voyant son visage s'éclairer enfin après s'être tant assombri. Thèse. Manipulateur, séducteur. Antithèse. Sensible. Hypersensible. Synthèse. Il faudrait penser à être moins abrupte.

— Vous venez de loin ? demanda-t-elle.

Il était gêné. Que dire de son pays dans la tourmente. Il était presque arrivé au terme de ses études, que dire de lui, alors qu'il n'était plus lui-même. Que dire, alors qu'il ne pouvait plus vivre dans l'illusion qu'il avait de l'argent, et que tout irait bien, qu'il était en route, et qu'un jour il arriverait là-bas. Que dire de sa patrie, qu'il avait quittée à jamais et qui n'était plus sa patrie.

– De loin, oui. J'ai traversé beaucoup de pays. J'ai tellement voyagé que j'ai presque oublié par où je suis passé. J'ai entendu beaucoup de langues. Certaines que je connaissais, d'autres non.

Il aurait souhaité lui expliquer pourquoi il aimait les langues. Il appréciait leur musique, leur rythme particulier, il avait une fascination pour les mots, qu'il collectionnait. Chaque nouvelle expression était une fête pour lui, chaque langue avait sa sonorité, son rythme propres. Certaines chantaient, d'autres dansaient, tournoyaient, valsaient, d'autres encore aboyaient, éructaient, vociféraient, certaines se plaignaient, et certaines déclamaient ; certaines étaient lentes et d'autres très rapides, impatientes. Certaines hachées, et d'autres tout en liaisons. Les hommes étaient semblables, mais leurs langues étaient différentes. C'était peut-être la source du problème.

Mais il ne dit rien. Dans son pays, le fait que deux personnes ne discutent pas est un signe de bonne entente, et l'on peut très bien se retrouver entre amis non pour parler ensemble, mais pour se taire ensemble. Ici, il n'a jamais vu les gens se retrouver dans le silence.

Ils se sont regardés, l'un près de l'autre, sans vraiment oser faire un pas. Ils étaient arrêtés sur le quai, qui se vidait peu à peu de ses voyageurs. Tous deux progressivement dévêtus par la foule. Bientôt, ils seraient sans protection, nus.

— Où allez-vous ? lui demanda-t-elle.

— Là-bas, répondit-il, les yeux brillants. J'ai un rendez-vous ce soir, à minuit. Je ne dois pas être en retard, sinon ils ne m'attendront pas.

— C'est la première fois ?

— Non, j'ai déjà fait d'autres tentatives. Plusieurs fois. Mais ça n'a pas marché. C'est trop risqué, sans passeur. Là, c'est différent. C'est organisé. Il y a des papiers, et tout ce qu'il faut pour y arriver. C'est la première fois que c'est sérieux...

– Minuit, murmura-t-elle. Il faut surveiller l'heure. Ne pas vous mettre en retard... Ça fait longtemps que vous attendez ?

– Six semaines. Longtemps...

Il y eut un silence, puis :

– J'ai vu dans le train que vous lisiez un livre de droit..., dit-il.

– C'est pour l'Ecole, il y a des matières techniques à réviser.

– Qu'est-ce que vous apprenez ?

Bonne question... Elle apprenait tout. Tout et rien. La culture générale, les finances publiques, l'économie, le droit...

– J'apprends à gouverner...

– Vous n'aimez pas, n'est-ce pas ?

– Pourquoi dites-vous cela ?

– Je vous ai observée durant le trajet. Vous aviez l'air de vous ennuyer.

– Ah vous trouvez ? Oui, dans le fond, ça m'ennuie. Je n'aime pas ça, non... Pourtant, ce sera mon métier, un jour. C'est étrange, n'est-ce pas ?

– Non. On ne sait pas toujours ce qu'on

aime. Parfois on s'en aperçoit trop tard. Mais pour vous, il n'est pas trop tard.

— Qu'est-ce que vous en savez ?

— Les limites sont les vôtres. Pas celles de la vie. Vous pouvez entreprendre tout ce que vous voulez, si vous le décidez. Vous êtes une femme libre dans un pays libre.

Le silence, de nouveau.

— Vous faisiez quoi dans votre pays ?

— J'étudiais les langues. J'ai appris le français.

— Vous le parlez bien.

— C'est une belle langue. J'aime sa poésie. Et vous ?

— La poésie, je n'en lis plus. La poésie, ça ne sert à rien.

Elle pensa à ses manuels de finance et de droit qu'elle ne cessait d'étudier, d'apprendre, d'annoter. Tout devait toujours servir, depuis l'Ecole. Rien n'était gratuit. Depuis combien de temps n'avait-elle pas lu de poèmes... La poésie, pour elle, était liée à l'amour. Depuis combien de temps n'était-elle pas amoureuse ?

— Maintenant, mon pays, c'est la langue. Je ne reviendrai jamais chez moi.

— Vous le regrettez ?

Il jeta le mégot de la cigarette, l'écrasa.

— Vous voyez ce lacet, dit-il en désignant ses chaussures. Chez moi, les gens l'utilisent pour se pendre.

SON téléphone sonnait. Elle a regardé sa montre et, d'un geste nerveux, l'a pris dans son sac.

— *Qu'est-ce que tu fais ? T'es où ? T'as vu l'heure ? Ça fait une éternité que j'attends. On avait dit que tu serais dans le premier wagon pour sortir plus vite. Je n'ai pas le temps, tu sais bien. C'est dramatique ce retard. Tu te souviens que je t'attends ?*

Au bout du quai, quelqu'un était venu la chercher.

Elle allait le quitter, le laisser là. C'était sûr. D'une minute à l'autre. C'était pour cela qu'elle regardait l'heure.

Qu'est-ce qu'il devait faire ? Qu'est-ce qu'il

pouvait faire ? Est-ce qu'elle était heureuse avec son compagnon, son ami, son mari, cet homme qui l'appelait ? Dans ce cas, pourquoi restait-elle ici, avec lui, au risque d'essuyer des reproches parce qu'elle s'attardait sur le quai ? Il allait être furieux. Peut-être même allait-il lui faire une scène.

Cette montre en métal blanc et à cadran bleu, ce petit objet, quelle puissance, quel pouvoir fabuleux ! Lui qui n'avait plus ni horloge, ni horaires, ni rendez-vous, qui se levait avec le jour et se couchait avec la nuit, qui avait perdu la notion des secondes, des minutes et des heures, a regardé tout à coup l'objet avec une sorte d'effroi. C'était l'ennemi le plus redoutable, cette montre maléfique, satanique, magique qui décidait de son sort, de sa vie. Il était seul. Il ne pouvait rien faire, lui qui avait bravé la nuit et les policiers, qui s'était affronté aux hommes, au froid, à la faim, la maladie, la fièvre et la douleur, il était devant cet ennemi surpuissant, tout à fait désemparé. Il aurait beau parler, elle gagnerait. Il aurait beau agir, elle serait toujours là, à avancer dans sa marche inéluctable, sa ronde assurance autour du même cadran. Il pourrait hurler, elle ne l'entendrait pas. Elle était impassible. Elle était invincible.

Il ne comprenait pas, cela lui faisait peur de savoir qu'il y avait en face quelque chose d'aussi impitoyable.

Mais il avait décidé de faire face, même si sa vie était prise par une montre, peut-être son cœur ne l'était-il pas ?

Ses yeux pétillaient sous ses mèches rebelles. Il fallait profiter de chaque instant. Remplir l'espace libéré par la montre. Tout allait très vite. Se dépêcher de la connaître. La faire parler, alors, tout dire, afin de tout vivre pour dilater le temps, plutôt que paniquer en le voyant fuir. Vivre : parler et agir. Sans cesser de désespérer, exister. Se concentrer uniquement sur le moment présent. Pas de passé, pas de futur. Se détendre. Il avait tout son temps. Il avait jusqu'à minuit.

Une fois encore, elle regarda sa montre. Il l'attendait, s'impatientait. Lorsqu'elle arriverait, si tard, il lui ferait une scène. Il lui demanderait des explications. Avec lui, tout était toujours minuté. Il n'avait jamais de temps pour elle. Elle avait dû insister pour qu'il vienne la chercher. Il lui avait dit que c'était inutile, que cela lui prendrait des heures, alors qu'il suffisait de prendre le métro, ou un taxi. Mais elle aimait qu'il soit là, pour elle. C'était sa manière à elle de lui faire sentir son importance. Et lui avait horreur de perdre du temps, et par-dessus tout, il détestait attendre. Il lui avait demandé de se dépêcher à la sortie du train... Elle était sûre qu'il ne patienterait pas, si elle était en retard. Et si elle le testait ? Elle pourrait savoir s'il l'aimait vraiment. Elle pourrait comprendre... S'il l'attend, c'est qu'il l'aime. S'il ne l'attend pas, c'est qu'il y a un problème.

Cette idée lui a plu, elle s'est dit que c'était juste, qu'il y avait des signes qu'il fallait savoir déceler, et interpréter. Tout cela avait un sens. S'il partait, son amour était une feinte, son intérêt pour elle n'était qu'une pose parmi d'autres. S'il n'était pas capable de lui offrir son temps, de lui offrir ce sacrifice...

Elle a tressailli à cette pensée comme devant une évidence. Il y avait ces soirs où ils devaient se voir. Il annulait. Il y avait ces vacances qu'ils avaient prévu de passer ensemble. Il avait trop de travail.

Elle l'avait connu à un cocktail organisé par le Ministère. Il était beau, bien habillé, séduisant, il avait du succès auprès des femmes, il l'avait fait rire, lui avait raconté sa vie, lui avait parlé de ses projets, de son métier. Après l'Institut, il avait fait l'Ecole, après l'Ecole, il avait été nommé au Conseil. Pour elle, qui était encore à l'Ecole, le Conseil, c'était l'idéal, le but suprême, inatteignable. Ils avaient parlé des professeurs, de la scolarité, des stages et des classements, il lui avait donné des conseils. Des conseils pour entrer au Conseil. Après avoir passé le Concours d'entrée, tout recommençait, car il fallait en sortir bien classé pour pouvoir entrer dans les Grands Corps, le Conseil, l'Inspection, ou la Cour, en dernière limite, il était admis que le reste ne valait rien. Et après ? a-t-elle demandé. Après, justement, on a le temps, on ne fait rien. Après, on se lance dans la politique.

Elle lui a parlé des gens de sa promotion, avec qui elle ne s'entendait pas très bien, de sa hâte d'en finir avec l'Ecole et de commencer la vie active, de son prochain choix de stage. Il lui a dit qu'il venait d'être nommé chef de cabinet du ministre. C'était une opportunité. Il aidait certains hommes politiques dans leur campagne, il essayait de s'implanter dans une région du pays, on lui avait attribué un fief en or, bientôt il aurait une vraie place au Parti, et un jour, qui sait, il serait ministrable.

Elle a pensé au soir où ils s'étaient rencontrés. Ils étaient sortis ensemble du Ministère, il l'emmenait dîner. C'était un très bon restaurant. Elle avait pris une bisque de homard, et un tartare de thon. Lui avait choisi un foie gras et une pièce de bœuf saignante. Il avait consulté la carte des vins, avait hésité, il y avait un excellent bordeaux. Finalement, son choix s'était porté sur un bourgogne. Avec la pièce de bœuf, ce serait meilleur. Il était prévenant, doux, sympathique, il avait une conversation charmante, sans aucun temps mort, il savait rebondir sur les idées, et poser des questions intéressantes, et dire : Encore un café ? lorsqu'il voulait partir. Elle aimait le voir bouger, le regarder manger, faire tourner le vin dans le verre avant de le sentir, de le goûter, et ce discret signe de tête au maître d'hôtel. Elle appréciait son apparence physique, les yeux myopes de celui qui les avait fait trop travailler, les mains lisses, élégantes, de celui qui ne les avait jamais utilisées, la classe de la démarche, la coupe impeccable du vêtement.

Il l'avait raccompagnée chez elle, lui avait demandé si elle avait quelqu'un, elle avait dit non, l'avait embrassée, ils s'étaient revus quelques jours plus tard, ils avaient passé la nuit ensemble, il lui avait dit qu'il était marié, elle lui avait répondu qu'elle ne le verrait plus, il l'avait rappelée de nombreuses fois, elle était restée ferme. Pendant plusieurs mois, ils ne s'étaient plus vus. Puis, un jour, il lui avait téléphoné, lui annonçant qu'il s'était séparé de sa femme, et qu'il aimerait la revoir.

Ils s'entendaient bien, ils avaient envie d'être ensemble, de s'appeler au même moment, ils se découvraient, se révélaient sous leur meilleur jour, et elle se disait que c'était une véritable relation. Il parvenait à la rassurer, à la stabiliser, elle qui si souvent s'empêtrait dans des histoires compliquées, qui ne lui plaisaient pas. Elle désirait être rassurée, et elle voulait qu'il lui demande de rester avec elle, et elle souhaitait partir en week-end avec lui, mais il avait un emploi du temps extrêmement serré, des journées remplies, déjeuners et dîners pris, entre son travail au Ministère et ses déplacements en province pour tenter de s'implanter, se faire élire aux prochaines élections. Même ses dimanches étaient voués au travail, car dimanche, c'était jour de marché.

Après quelques mois, les choses s'étaient compliquées. Il n'avait pas le temps, il ne prenait pas de congé. Aucune pause. Il disait qu'il détestait les vacances, qu'il n'en voyait pas l'utilité, qu'il ne savait jamais que faire ni où aller. Il s'y ennuyait. En fait, il redoutait ces moments où l'on se retrouve face à soi-même, à l'autre, et face au temps qui devient épars. Même en semaine, il s'efforçait de remplir ses soirées d'invitations et de dîners, pour se trouver au milieu des gens, toujours actif. Il était débordant de dynamisme, il dormait peu, il avait déménagé, mais son appartement restait vide, son frigidaire ouvert, car il n'était pas branché, son courrier personnel cacheté. Il l'aimait – n'avait-il pas quitté sa femme pour elle ? –, mais est-ce qu'il l'aimait autant que le pouvoir ?

Elle a repensé à cette soirée au Ministère, la réception donnée en l'honneur d'un chef d'Etat étranger. Il avait parlé aux uns et aux autres, personnages importants de la Communauté, ministres et ministrables, sans même lui accorder un regard. Puis, après qu'ils furent rentrés, il lui avait fait remarquer qu'il fallait se mêler davantage aux autres si elle voulait continuer en politique, si elle désirait faire carrière, et même pour réussir son stage, avoir une bonne note. Il fallait se montrer plus aimable. Aimable, c'est-à-dire digne d'être aimée...

Elle venait d'une petite ville où l'hypocrisie était de rigueur. Elle en avait gardé une intolérance pour le double langage, les manœuvres, les fausses mondanités. Elle était franche, directe, incapable de mentir, elle avait le respect de la parole donnée, la ponctualité, la froideur, et à présent, c'est vrai, elle était incapable de se montrer aimable lorsqu'elle n'en ressentait pas l'envie. Elle était tranchante et, dans certains contextes, pouvait même déplaire et paraître antipathique.

Lui, il l'intégrait, la raffinait, la poliçait, lui apprenait les mœurs de la capitale. Elle était fière d'être à son bras, en société, elle se civilisait, s'amendait, apprenait à sourire lorsqu'il le fallait, à rire, à parler et à se taire. Elle se sentait valorisée par cette relation. Il bénéficiait de certains appuis, mais il avait peu d'amis. De l'Ecole, il avait gardé certains contacts, comme il disait, mais pas d'amitié avec ses camarades de promotion, devenus ses rivaux pour le classement final, ce qui faussait les relations. Ils se montraient aimables, justement, se donnaient des conseils, s'entraidaient, mais de fait ils étaient seuls face aux autres. Pour être le meilleur, pour parvenir à ses fins, il fallait manipuler son entourage. L'amitié, la sincérité, dans ce contexte, étaient vivement déconseillées, voire nocives. Il en avait gardé une grande défiance vis-à-vis de son entourage, qui se réduisait comme peau de chagrin, à une personne ou deux, avec qui il dînait parfois, tout en en disant du mal, car il ne les aimait pas. En fait, il n'avait pas d'ami, seulement des relations qui pouvaient lui servir, comme il aimait à le dire.

Depuis qu'elle le voyait, elle avait évolué dans ce sens, elle fréquentait moins ses amis qui n'appréciaient pas sa nouvelle vie, et réciproquement. Elle habitait toujours seule, pensait que c'était mieux pour le moment d'être chez elle, même si elle avait peur de la solitude, et se plaisait à croire que les choses pourraient un jour évoluer. Elle constatait que la vie fuyait, parmi les activités nombreuses, les soirées, les manifestations politiques, sans que rien change, ou progresse vraiment.

Ils étaient pris dans un tourbillon, une course, et pour l'instant ils s'en contentaient. Ils avaient raison. Peut-être ne fallait-il pas trop le faire attendre, après tout.

— Vous retournerez dans le Nord pour votre travail ? lui demanda-t-il.

— Non. Je faisais un stage... Il est terminé à présent.

— Un stage pour votre travail ?

— Un stage chez le Préfet.

Encore un peu de courage. Elle devait lui dire.

– Ma mission..., hésita-t-elle, c'était de m'occuper du problème des migrants. Voilà pourquoi j'étais là, dans l'église.

Il y eut le long silence qu'elle redoutait.

– Je comprends, dit-il enfin d'une voix sourde. Vous étiez avec eux, c'est cela ?

– Oui, avec eux.

– C'est pour cette raison que vous n'aviez pas peur ?

– Sans doute.

– Alors vous vous souvenez à présent ?

– Je me souviens.

– Il y avait quelqu'un avec moi. Quelqu'un qui me ressemblait.

– Qui était-ce ?

– Mon frère, dit-il.

Il y eut un silence.

– Et vous, que pensez-vous de ce qui s'est passé ?

– Rien, je n'en pense rien. On apprend beaucoup de choses à l'Ecole. Et surtout à ne pas penser.

– Alors pourquoi m'avez-vous secouru, tout à l'heure ?

— Je ne sais pas. Je me suis dit que vous alliez être pris. Et ça, je ne le voulais pas.

— Pourquoi ?

— Je ne sais pas, vous m'avez aidée à porter ma valise, et...

Le portable a sonné de nouveau. Sans répondre, elle a consulté sa montre. Il était toujours là. Cette fois, elle devait y aller. Il n'était pas encore parti, il l'attendait, c'était donc qu'il l'aimait... Il fallait partir à présent, dire au revoir à cet étranger.

— Vous devriez attendre ici, qu'ils partent... Je dois y aller. Je vous souhaite bonne chance...

Elle a hésité. Elle ne connaissait pas son nom.

Il ne voulait pas donner son nom. A quoi bon, le nom ? Ce n'est jamais qu'une façon de classifier, se compter, se repérer pour ne pas se confondre, se séparer, se définir, une fois pour toutes. Il ne voulait pas savoir son nom, car un nom l'aurait définie, normalisée.

A nouveau, elle a consulté sa montre. Elle

venait de le faire. L'heure était toujours la même, à peu de chose près.

Elle était impatiente de le retrouver. Elle était anxieuse. Elle avait beaucoup pensé à lui pendant ces quinze jours. Elle avait envie d'être à ses côtés dans la vie. Ils formaient une bonne équipe. Elle s'est dit qu'elle voulait qu'il la demande en mariage. Elle avait envie de ses bras. Elle avait soif de sa tendresse. Elle avait envie de l'entendre, de lui parler. Elle aimait le voir bouger, le voir manger. Elle aimait se réveiller à ses côtés, le matin. Bref, elle allait le voir et tout deviendrait clair dans son esprit. Ce n'était pas l'appel de la montre. L'heure était toujours la même. C'était celui du cœur.

Pour lui, elle s'était remaquillée dans le train. Elle avait refait son chignon. Il la préférait avec les cheveux attachés. Elle avait mis ses chaussures à talons, celles qu'il lui avait offertes. Elle avait revêtu sa robe blanche en lin. Il l'aimait bien.

Non, elle ne désirait pas connaître le nom de l'étranger.

LA nuit tombait sur le quai. Les courbes de la ville s'incurvaient dans la brume crépusculaire. Le vent était en train de se lever, un vent doux, sans direction, qui balayait les visages de lumière. Il faisait rose et gris sur la terre.

Pendant une seconde, il s'est laissé aller. Il a sombré dans la nostalgie, sentiment exaltant et mortifère.

Il a vu les grillages autour de lui, qui empêchaient de partir vers la droite ou la gauche. Il a pensé au centre... entouré de grilles, avec son entrée clôturée. Il était prisonnier à nouveau de ce centre où il avait vécu, et d'où il voyait la mer, au loin, le sable blond des côtes du Nord, les dunes, les rangées de maisons, les champs à perte de vue, agités par le vent, et les bateaux en route vers la liberté. Horizon de tous les horizons pour ceux qui sont là, réfugiés. Toute la journée, ils ne font que traverser le camp, au milieu des policiers, des douaniers, des gendarmes, car ils sont de passage. Dans cet espace clos, comme un fantôme, il allait, venait, revenait, passait, avec la menace d'être arrêté, d'être pris, de rester là toute la nuit, ou toute la vie, alors il avançait n'importe où, même si c'était pour revenir, prolonger l'errance, pour aller nulle part, car il était là en ne l'étant pas, comme une lettre en souffrance.

Il s'est souvenu du moment où il est arrivé, après son long périple. Devant la porte, il y avait son frère.

Il regardait la mer, pendant que son linge séchait. Il était venu vers lui, sans en croire ses yeux : il ignorait même que son frère était parti.

Sans un mot, il l'avait pris dans ses bras. Les paroles sont faibles quand les yeux et les gestes s'expriment.

Il a roulé une cigarette qu'ils ont fumée ensemble, devant la mer.

Puis il a découvert le camp, le hangar qui sentait l'eau de Javel, car tout devait sans cesse être nettoyé et désinfecté, pour que tout soit propre pendant les arrivées et les départs, toujours impeccable, sans maladie, sans contagion, sans saletés venues d'ailleurs, et il y avait aussi ce brouhaha, permanent comme des acouphènes, de voix mêlées et de pas résonnant sur le sol de béton...

Le lendemain, ils ont décidé de partir tous les deux, ils ont avancé dans l'obscurité, avec quelques autres, vêtus de pantalons et de pulls sombres, parcourant les kilomètres pour s'enfuir. Ils ont emprunté la même route que les autres. Ils ont traversé le petit pont. Ils ont coupé comme eux à travers champs, jusqu'à l'autoroute. Ils ont enjambé les glissières de sécurité. Dans les ténèbres, leurs ombres éclairées par les réverbères se jetèrent sur l'asphalte, sous le regard des conducteurs étonnés de voir, à la brusque lumière, des hommes comme des voitures.

Ils ont marché plusieurs kilomètres dans les champs, le long du grillage hérissé de barbelés, pour tenter de trouver la faille, le point faible qui permettrait de pénétrer sur le site. Mais des projecteurs de surveillance balayaient la plaine, sans discontinuer.

Avec les plus tenaces, ils ont poursuivi le long des rails. Ils ont passé les grillages et les barrières de sécurité le long des quais, les portails sur les rampes d'embarquement. Ils avaient du matériel. Ils ont coupé le grillage, et grâce à des couvertures prises au centre, ils sont parvenus à neutraliser les rouleaux de barbelés.

Puis ils ont progressé ensemble, jusqu'au quai d'embarquement. Là, ils ont retrouvé un groupe d'hommes qui, comme eux, avaient réussi à pénétrer sur le quai. Soudain, d'autres ont surgi de la nuit en criant et en gesticulant pour attirer l'attention de la police. Aussitôt les hommes arrivèrent et les arrêtèrent. Ils se sont laissé prendre sans opposer de résistance. Ils faisaient diversion. Les autres disparurent et se dissimulèrent sous le quai.

Les trains ralentissaient à l'approche d'une grande boucle. Il fallait sauter dessus, puis se cacher dans les wagons. Son frère et lui étaient tapis le long du quai, entre le béton et les essieux, pour agripper les wagons au moment

du départ ; mais ce soir, il y avait des caténaires.
Il a fait signe qu'il allait sauter sur les navettes
du haut des rampes d'accès aux trains, malgré
la présence des caténaires. Il l'aurait fait s'il
avait été seul, c'est sûr. Il avait tellement bour-
lingué ces derniers mois, que le dernier saut
n'avait pas de prix, pas même celui de la vie.
Il avait peur. Mais il l'aurait fait. Au moment
où il allait s'élancer dans le vide, son frère l'a
rattrapé solidement par l'épaule, pour l'en
empêcher. Il a voulu se libérer de sa poigne de
fer. Ils ont lutté dangereusement. Il a fini par
arrêter ce triste combat. Ils sont repartis au
camp, dans la nuit.

   Dans le hangar gigantesque, le lendemain,
ils ont mangé, dormi. Puis ils sont allés chercher des vêtements, il y avait un nouvel arri-
vage. Dans une queue interminable, mille personnes pressées les unes contre les autres, et
toujours cette odeur de Javel, ce bruit assour-
dissant. C'est là qu'ils ont eu connaissance de
ce qui s'était passé la veille. Tous ceux qui
s'étaient accrochés à un wagon pour se hisser

à bord du train étaient morts. Les caténaires étaient électrifiées.

Une sueur froide lui a coulé dans le dos. Il a regardé son frère. Il ne l'a pas remercié. Il lui a souri pour lui montrer qu'il était heureux d'exister. Il l'a regardé sans un mot, parmi les paroles, les silences et les pas, dans la torpeur bienheureuse de celui qui a frôlé la mort, l'émerveillement d'être là, et qu'il y ait eu un lendemain pour lui. Le bonheur simple d'exister, d'être au monde, de voir un rayon de soleil sur la mer, un vent frais, un verre d'eau, un sourire sur un visage, un visage.

Et il lui a fait la promesse que là-bas, un jour, c'était sûr, ils connaîtraient la liberté.

Sur le quai, un enfant marchait. Il pleurait. C'était un garçon aux boucles brunes, aux grands yeux bleus, et aux joues rebondies. Il avançait en tirant un sac où il y avait un arc et une flèche en jouets.

Il regardait partout de son visage rond et clair, de ses grands yeux. Il marchait seul sur le quai. Ce n'était pas normal. Et voici qu'il croise le chemin de la jeune femme. Il avance une main vers elle, comme pour lui faire un signe.

Elle se dépêchait, pour rejoindre l'homme qui l'attendait. Elle était impatiente, nerveuse, oppressée comme elle ne l'avait jamais été. Elle avait la gorge serrée. Son cœur battait très vite. Mais elle a remarqué cet enfant seul sur le quai juste sur son chemin tout tracé. Les larmes coulaient le long de ses joues, sans hoquets, calmement, comme s'il était résigné.

Elle s'est arrêtée. Elle s'est penchée vers lui, qui l'a considérée, l'air très sérieux. Ses yeux comme après une nuit, petite éclipse du sommeil, ses yeux mouillés, graves, l'observaient. Il n'y avait rien de plus important que le regard de cet enfant, qui en son désespoir donnait sa confiance et, en séchant ses larmes, se donnait tout entier.

Elle s'était arrêtée, donc. Elle se demandait ce qu'elle allait faire. Elle ne pouvait l'abandonner là, sur le quai, seul. Elle ne voulait pas non plus le confier à n'importe qui. Elle ne devait pas l'emmener avec elle, sinon ses parents le chercheraient à l'endroit où ils l'avaient perdu. Mais elle ne pouvait pas non plus le laisser attendre, là-bas, au bout du quai. Il allait s'énerver, s'impatienter. Pourquoi fallait-il qu'elle prenne les gens en charge aujourd'hui ? Elle qui ne vivait d'ordinaire que pour elle. Elle avait envie de s'échapper bien vite. De courir, s'enfuir vers sa vie normale, et retrouver son quotidien. Tant pis pour l'enfant.

Ce n'était pas le sien, après tout. Mais autour d'elle, les gens avançaient. Le quai était déserté.

Il est arrivé peu après. Il l'a vue avec lui. Ainsi, elle avait un enfant. Comment n'y avait-il pas songé plus tôt. Pourquoi n'aurait-elle pas un fils ? Il a hésité avant de la rejoindre. Il l'a vue se baisser vers lui, elle qui était encore là, sur le quai. Il y avait sans doute le père à côté, et il s'était tout à fait trompé sur elle. Son enfant...

Il l'a considérée, figé, immobile. Ce petit, suspendu à son regard, à ses bras... Elle ne l'avait pas dit, mais après tout, elle n'avait pas dit le contraire. Elle avait signifié clairement que sa vie était prise. Il n'avait à s'en prendre qu'à lui, à son erreur. Et c'était à présent une évidence : bien sûr, cette femme était mère. Comment la voir autrement ? Elle avait l'assurance et la fierté, la pondération et la légèreté, la lassitude et la bienveillance, l'autorité, la nécessité intime de la femme qui a donné la vie.

Cette femme qui d'un élan généreux lui avait tendu le bras pour le sauver, cette femme était mère et épouse. Elle avait une famille, et lui ne l'avait pas su. Elle était épouse, ainsi elle ne le rejoindrait jamais. Ils n'iraient pas ensemble devant le fleuve brillant sombrement comme son regard. Elle était mère, et elle ne l'écouterait pas dans le silence. Il ne l'embrasserait pas. Ils ne marcheraient pas ensemble dans la rue. Elle était femme, et il se souviendrait d'elle comme d'un rêve, c'est ainsi qu'il la rejoindrait.

Si seulement elle connaissait la musique de son pays, il aurait su lui dire tout cela, et elle aurait pu comprendre... Si seulement... Si seulement elle n'était pas mariée, et mère, ou peut-être les deux, comme il soupirerait après elle.

Elle a relevé la tête, elle l'a vu, ses yeux ont souri. Le reste de son visage était grave, impassible. Tant pis, après tout. Il voulait en savoir plus sur elle. Peut-être n'y avait-il pas de père ? Il devait encore profiter de sa présence, même pour quelques minutes, quelques secondes, une éternité. Il était vingt-trois heures. Il avait encore une heure avant le rendez-vous. Et si la police revenait ?

Peu importe. En ce moment, il lui semblait

que c'était la seule chose à faire. Il n'aurait pas su l'expliquer. C'étaient ses yeux qui se plissaient, sa bouche rouge, sa robe blanche, qui crépitait sous le vent chaud de l'été, son chignon qui se défaisait, c'était son visage qui l'appelait, il lui était impossible de partir.

— Encore vous, dit-il. Je n'arrête pas de vous croiser... Je crois que c'est le destin.

— Ce n'est pas le destin, sourit-elle. C'est vous qui n'arrêtez pas de me suivre.

— Mais non, c'est vous qui n'arrêtez pas de m'attendre.

— Pas du tout, dit-elle. Chaque fois que je m'éloigne, vous inventez autre chose.

Il se rapprocha d'elle et du petit garçon.

— Celui-là, dit-il, je ne l'ai pas inventé. Comment s'appelle-t-il ?

Elle considéra l'enfant. C'est vrai qu'il lui ressemblait. Il aurait pu être son fils. Elle eut l'impulsion de ne pas le détromper, sans savoir pourquoi, puis elle se ravisa.

— Je ne sais pas... Je crois qu'il est perdu, et comme il n'y a presque plus personne, ici...

Il était perdu ! Ses yeux gais et profonds la regardèrent comme si elle venait de lui faire le plus beau cadeau. C'était pour cette raison qu'elle avait attendu avec lui.

Soudain, il était heureux. Il avait envie de danser, de chanter, de rire et de boire à la santé de tous.

— Il faut attendre avec lui, dit-elle.

Oui, attendre... Tout le monde attend. Qu'est-ce qu'on a de mieux à faire ? Qu'est-ce qu'on fait d'autre ? On passe son temps à attendre. On essaie de tromper l'attente en travaillant, en mangeant, en dormant, en dansant, en chantant... En aimant, aussi, mais on ne fait jamais qu'attendre.

Elle s'est dit que c'était cela, le fait premier de l'homme. Non pas la peur, mais l'attente.

Il a regardé l'enfant, il a pensé au jour où il s'était perdu dans la ville. Il était avec sa mère et son frère, lorsque soudain un pigeon s'était posé devant lui. Les yeux écarquillés, il avait tourné la tête, hypnotisé, absorbé dans ce qui l'intéressait, comme s'il y était incorporé. Alors il avait tout oublié, jusqu'à la conscience de lui, tout sauf l'oiseau posé devant lui. Il était tendu, cherchait à se fondre dans cette action de regarder, à abolir la distance entre l'oiseau et lui. Il devenait l'oiseau en le contemplant. Le temps pour lui était suspendu.

Lorsqu'il s'était envolé, il avait voulu le suivre. C'est ainsi qu'il avait compris qu'il était seul dans la rue. Ils avaient mis plusieurs heures à le retrouver. Il avait cru qu'il resterait là toute la vie, il se souvenait encore de cette terreur qu'il avait ressentie, mais il n'avait pas pleuré. Il n'avait jamais su, même enfant. Sa mère lui avait dit qu'il était né souriant, personne n'avait jamais vu cela, au village. La nuit était arrivée, il était toujours seul, il frissonnait de froid, errait sur les trottoirs. Il n'avait pas six ans.

Son frère le cherchait toujours. Il avait deux ans de plus que lui. Sa mère l'attendait, elle était devenue presque folle, malade de peur. Son frère parcourait les rues et les ruelles, les unes après les autres, consciencieusement. Il était minuit, lorsqu'il le retrouva, assis sur le trottoir. Il l'avait pris dans ses bras, sans un mot, il veillait sur lui comme un ange gardien.

— Et votre ami ? demanda-t-il. Est-ce qu'il va attendre ?

— Je ne sais pas. Je ne sais plus… Je suis prête à prendre le pari. Et vous ? Votre rendez-vous de minuit ? Vous n'allez pas le manquer ?

— Non, ça va, dit-il, en levant les yeux vers l'horloge du quai. J'ai encore un peu de temps.

Debout, légèrement appuyé contre la balustrade, il a déposé son sac. Elle s'est assise sur la valise. Elle était là, dans le vent chaud de l'été qui faisait tournoyer sa robe autour de ses jambes. L'enfant était entre eux.

Ce voyage ensemble sur le quai, et la robe tournoyante comme une mer recommencée, un océan blanc, et cette soirée sentinelle de leur rencontre, dans les vapeurs du quai, ce n'était que le début de la nuit, dehors, derrière les portiques, à marcher sur l'asphalte, sans dîner, mais partager le calme, et au loin, cette musique, comme un rêve nostalgique.

Quelques arcanes de vent sur son visage, poussière brûlante de son maquillage qui s'envole, laissant découvrir la nudité de ses traits, et ses yeux sombres tel le ciel la nuit, éveillés, et ces mains, fines, chassant les cheveux sur son visage ; son chignon ne cessait de se défaire, petit à petit, en silence, les mèches s'effilochaient, se libéraient de l'emprise des attaches, se défaisaient comme si elles se préparaient déjà pour la nuit et enveloppaient ses traits d'un halo lumineux.

Elle le regardait, ses cheveux bruns un peu trop longs, ces mèches qui masquaient son visage, ces yeux profonds qui s'approfondissaient encore dans la nuit, sa chemise blanche, dans laquelle s'engouffrait le vent, elle se dit que c'était beau, c'était un style qui lui plaisait, qui lui allait bien, ses mains, qu'elle venait de remarquer, ses mains rêches, puissantes, élimées mais majestueuses, elle voulait les atteindre, les toucher, elle sentait, c'était étrange, une impulsion passive, une volonté de l'attendre, de l'accueillir, elle le regardait dans les yeux, et c'était presque insupportable, elle avait peur qu'il lise en elle ce qu'elle lisait en lui, elle a baissé les yeux, troublée.

Lui, il se souvenait déjà. Juste avant, elle sur le quai, la gare, le départ pour toujours, la distance, le train, lui contre la vitre, le bonheur discret de l'attente, ce moment initial, c'est pour cela qu'il est contre la vitre, elle, morose, blanche, stricte, inatteignable, et lui qui, par hasard, avait croisé son chemin.

Alors, d'une façon naturelle, comme deux amis qui se connaissent depuis longtemps, comme deux amants se retrouvent après une longue absence, ils ont commencé à parler, de la vie, de tout et de rien, du temps qu'il fait et qu'il ne fait pas, de l'été et de l'automne, de leurs espoirs et de leurs peurs, de leur passé et de leur futur, et d'autres choses encore.

Un parfum évanescent restait dans l'air, un rayon de soleil rasant perdurait sur le quai, comme une dernière étincelle, dans laquelle dansaient les poussières.

Au détour d'une phrase, il s'est penché vers elle pour lui faire une autre confidence. Dans ce mouvement, il l'a frôlée.

L E souvenir lui est revenu, brutal et net comme un couperet, précis, émanation surréelle de son odeur, le parfum de sa peau et de ses vêtements.

Cette odeur de savon, si particulière, qui régnait autour des étrangers, ceux qui se lavaient dans l'église, avec beaucoup de savon et peu d'eau. Elle s'est rappelé le premier lieu de leur rencontre.

L'église...

Ils étaient réfugiés là, certains à l'intérieur, d'autres, ceux qui n'avaient pu rentrer, à l'extérieur, à même le sol.

Tous attendaient l'évacuation, mais devant les caméras, ils n'oseraient pas. Ce serait la nuit, elle le savait, elle aussi attendait.

Elle écoutait les discussions des uns et des autres, ceux qui étaient pour « l'occupation », ceux qui étaient contre, ceux qui voulaient aller là-bas, et ceux qui acceptaient de rester ici, ceux qui mourraient plutôt que d'être reconduits, et ceux qui regrettaient d'être partis.

Au coin de la rue, deux petits vieux observaient ce spectacle depuis les fenêtres de leur maison sans fleur, sans couleur, sans soucis.

L'un d'eux était sorti :

– Prenez-les chez vous, les associations, on ne les veut pas chez nous, ils n'ont qu'à mettre des frontières.

Elle avait entendu les réfugiés parler avec les membres des associations, les discussions croisées, à court d'interprètes, les mots dits avec les gestes et les regards, tentatives de relation avortées.

– Je n'ai pas trouvé de passeur, disait l'un.
– Combien ça coûte ? Comment s'y prennent-ils ? demandait un autre. Ah bon, sur le châssis des camions ? Est-ce qu'on nage jusque là-bas ?

Le jour ils discutaient, ils nettoyaient, ils attendaient. Parfois, ceux qui n'avaient pu entrer tentaient de leur parler par un petit trou dans le vitrail. Ils demandaient du thé, un vêtement, une couverture. Entre eux, ils échangeaient des listes de mots pour pouvoir communiquer, bonne nuit, merci, je t'aime. Vers cinq heures du matin, ils entendirent du bruit. Les gendarmes mobiles étaient arrivés. Les réfugiés se levèrent, encore endormis, ils s'habillèrent.

Lorsque la haie des policiers avança, les journalistes reculèrent. L'évacuation de l'église commença, dans la nuit, sous la pluie glacée de l'hiver. Sur les appuis des fenêtres, les perrons des maisons et les trottoirs, les hommes qui n'avaient pu entrer dans l'église somnolaient, emmitouflés dans les couvertures trempées, en suivant d'un œil l'avancée de la police vers les réfugiés.

Avec les journalistes, elle fut poussée hors du parvis. Ceux qui dormaient s'étaient réveillés. Ils se rassemblèrent. Ils se pressèrent les uns contre les autres.

Et lui... C'était lui, sur le perron de l'église, derrière le cordon de policiers. Une nuée de micros et de caméras se précipitait pour l'entendre, lui, le porte-parole choisi par les réfugiés car il était le seul à parler la langue :

– Nous ne sortirons d'ici que pour aller au camp. Nous sommes prêts à affronter la police si elle veut nous expulser de l'église. Nous voulons aller là-bas, nous estimons que nous avons plus de chances d'obtenir l'asile qu'ici.

Autour de l'église, sur les piliers, les appuis des fenêtres, les autres, cachés sous les couvertures, à même le sol dans le vent du nord, se recroquevillaient sur le trottoir. Certains étaient sortis pour aller se laver, mais ils n'avaient pu franchir le cordon de police pour rentrer. Un homme tomba, évanoui.

Et lui, il était là, le regard grave, le visage mangé par le vent. Il a dit à un journaliste que son frère était avec lui, qu'il était venu le retrouver, et ensemble ils iraient là-bas. Il avait oublié beaucoup de choses pendant le voyage. Dix-sept mois, c'était long. Parfois, dans les pays de la Communauté, il avait été pris par les policiers, on l'avait mis en prison plusieurs fois. Et ici on vivait sans rien, comme des vagabonds, des animaux traqués.

À l'intérieur de l'église, des cris. « Il n'est pas six heures, ils n'ont pas le droit », protestaient les représentants des associations.

Alors les réfugiés sortirent, en longue file, ils se dirigèrent vers le bus. Sauf eux. Son frère et lui étaient restés debout sur le parvis de l'église, encadrés par deux policiers. Son frère lui ressemblait, avec des cheveux clairs et longs, des épaules carrées, le visage et les mains rougis par le froid, et le même regard.

– Ne les laissez pas partir, cria-t-il au reste du groupe et aux membres des associations. Avançons, empêchons-les de les faire partir !

Les réfugiés les regardèrent un instant, puis montèrent dans le bus. Hommes et femmes, l'air abattus, épuisés par l'attente, la faim et la nuit.

Evacués par la police, perdus, ceux qui avaient été pourchassés pendant deux jours dans la ville recevraient bientôt les arrêtés de reconduite à la frontière.

Certains étaient encore sur le parvis de

l'église. Ils hésitèrent. La police aussitôt les escorta vers les bus. Mais eux sont restés là. Alors on les a empoignés. Tout est allé très vite. Son frère a fait un mouvement brusque. Il y a eu une bagarre. Un coup de matraque. Il l'a vu s'écrouler sur le sol.

Et il a crié son nom.

Ses yeux étaient secs. Il regardait l'horizon, la ligne blanche au-dessus de la mer.

LA nuit est tombée, tout d'un coup, cette nuit d'été, nuit de ville. Sombre nuit, mystérieuse, aux portes enfouies. Mais on ne s'échappe pas ainsi de sa vie, par en haut ou par en bas. Le quai était droit, il n'y avait qu'un seul chemin jusqu'au bout. Il n'y avait pas d'issue, pas de grand air.

Le tout était fermé de grilles. Sous leurs pieds, le chemin de fer. Au-dessus, le ciel étoilé, telle une immensité sereine, calme et placide, sans intérêt pour les histoires humaines qui se déroulent sous lui.

L'escalier en colimaçon, creusé sous un des bâtiments, s'enfonçait encore par le tunnel ; un barrage de fer.

Devant eux, la cité aux solides fondations, la ville et son monde.

Ils étaient là, avec l'enfant, il fallait le garder, le rassurer. Il ne savait pas encore, le quai, la terre, le ciel au-dessus du quai, les étoiles, les gouvernements, et l'amour. Il ignorait tout cela, mais déjà, il avait peur.

Autour d'eux, le flot des passants, hommes, femmes avec enfants, jeunesse, étudiants, vieilles personnes, s'était tari. Tous étaient rentrés chez eux au plus vite, pour se réfugier dans les maisons et les appartements, derrière vitres et fenêtres, vite, vite, surtout ne pas s'arrêter, ne pas se tourner, ni à droite ni à gauche, mais aller tout droit vers sa chambre, son lit, pour s'étendre, dormir, oublier cette angoisse qui les fait travailler, marcher, avoir des enfants, s'occuper, pour ne pas affronter l'attente.

L'enfant lui a touché la main. Alors elle s'est penchée vers lui. Il s'est tourné vers elle, a joué avec ses cheveux, les a caressés, a glissé un doigt entre ses mèches. Il a mis une main sur son visage, sur la bouche et sur les yeux, comme s'il les parcourait, une petite main potelée d'enfant sage, qu'elle a fini par prendre dans la sienne, qu'elle a embrassée.

Elle a regardé l'heure qui avançait, le temps qui choisit son avenir, et décide de sa vie, dans une grande indifférence. Que faisait-il ? L'attendait-il ? Que faisait-elle ? Etait-il encore temps pour eux ? Et elle pensait à cet homme qui l'attendait, impatient. Elle aurait voulu lui signifier des choses claires au sujet de leur rela-tion. Elle aurait dû prendre le temps d'y penser, lorsqu'elle était dans le Sud.

Elle aurait souhaité que les choses fussent différentes. Elle avait peur, si elle ne réagissait pas, de s'enraciner dans une routine qu'elle n'avait pas vraiment désirée. Depuis plusieurs mois, elle avait la sensation bizarre de ne plus rien éprouver. Elle flottait sur les choses, posi-tives ou négatives, sans qu'elles l'affectent vrai-ment.

Mais l'enfant lui a pris la main fermement, comme pour la retenir. Il l'a regardée, l'air implorant, et ses yeux disaient : « Ne me quitte pas. » Elle regardait au loin. Elle aurait voulu comprendre où elle en était. Quel était le sens de leur histoire ? Mais peut-être n'y en avait-il aucun. Pourquoi faudrait-il du sens à tout ? Le luxe, les jeux, les cultes, les deuils sont autant d'exemples d'actions qui se font gratuitement, pour elles-mêmes. Parfois, la perte doit être le plus grand possible afin que la vie prenne tout son sens.

A un moment, elle avait pensé avoir gaspillé son temps pour cet inconnu. Elle ne savait pas alors qu'elle se trompait. Parfois, on croit qu'on perd son temps, et on est en train de gagner sa vie. On se plaît à fuir la vie, les questions de la vie, les problèmes, et surtout, on passe son temps à fuir le bonheur de vivre. Quels que soient les aléas de la vie, il y a le bonheur, il ne faut pas le manquer quand on sent qu'il frappe à sa porte, et cela, on le sent dès le premier regard.

Mais si elle quittait son ami, que lui reste-rait-il dans la vie ? Heureusement, il y avait son métier... Oui, au moins, il lui resterait cela. Personne ne pourrait le lui enlever... Cette carrière qu'elle mettait toute son énergie à construire, pour laquelle elle ne refusait ni les

contraintes, ni les brimades, ni le travail...
Depuis qu'elle avait décidé de faire l'Institut,
elle savait qu'elle passerait sa vie à tenter
d'atteindre le sommet, qu'elle ferait tout pour
cela, et elle avait accumulé les diplômes, les
concours, les classements pour sortir de sa province, pour partir à jamais. Son métier, oui,
mais à quel prix ?

Elle était là, sur le quai, avec l'enfant près
d'elle, qui ne la quittait pas des yeux, la tête
penchée en avant, le visage crispé, le front
plissé, les poings sur les hanches. Il s'est mis à
pousser des petits cris de mécontentement.
– Qu'est-ce qui ne va pas ? demanda-t-elle.
Tu as faim ? Tu as soif ? Qu'est-ce qu'il y a ?
Qu'est-ce que je peux faire...
Les larmes coulaient sur ses joues, une
immense peine, une déception, un vide absolu.
Il pleurait, non parce qu'il avait faim mais
parce qu'il s'ennuyait. Il désignait son arc et
ses flèches, et tout son matériel. Il fallait l'occuper, l'enfant. Il n'était pas seul depuis longtemps, et il commençait déjà à ressentir le ver-

tige de l'ennui. Peur du vide. Peur du temps qui passe. Peur d'être face à soi, dans un silence éternel. Peur de la mort. Un petit d'homme sur le quai. Que voulait-il ? De l'amour ? De la compagnie ? De l'aide ? Non, rien de tout cela. Ce qu'il voulait, c'était s'amuser. Donnez-lui du jeu, et il oubliera tout, père, mère, frère et sœur, amis, ennemis... peur, attente, angoisse. Elle s'est dit que c'est l'homme qui est proche de l'enfant, et non la femme. Car ils aiment jouer.

Alors, dans un élan de générosité, ou simplement gagnée par ce sentiment de doute et de grande fin d'horizon qui imprégnait les yeux du petit, elle l'a pris dans ses bras.

Elle n'imaginait pas avoir d'enfant. Elle ne voulait pas répéter l'expérience, dans ce monde étrange et impersonnel. Elle voulait vivre sa vie indépendante et active, toujours jeune, sans l'enfance qui fait vieillir, qui fait souffrir, sans la responsabilité écrasante de l'autre. Elle ne voulait pas reproduire indéfiniment la vie, à quoi bon. Elle ne voulait pas être mère. Elle préférait rester femme. Elle voulait être libre. Non, c'était faux... Elle ne voulait pas être comme sa mère. Elle ne voulait pas d'enfant car elle était elle-même son enfant... Non... Elle ne voulait pas d'enfant car elle ne voulait pas du père de son enfant. Non... Elle voulait un enfant. Mais pas de cet homme qui l'attendait.

DEVANT eux, un jeune homme marchait, balayant le quai de sa canne, guidé par son chien.

Etait-il descendu du train ? Etait-il là pour attendre un voyageur qu'il ne voyait pas ? En tout cas, il avançait devant eux, raide et droit comme un i, à côté de son chien qui tirait sur la laisse. Un jeu de force terrible s'exerçait entre le maître et le chien, le maître le retenant d'une poigne de fer, profitant de tout l'appui de son corps et de sa canne pour qu'il ne s'échappe pas.

Dans ses yeux noirs, derrière ses lunettes de soleil, brillait la transparence d'une sombre lumière. Il était en quête d'un passager invisible, peut-être l'attendait-il en vain, peut-être l'avait-il manqué sans le savoir. Combien de temps allait-il rester sur le quai ? Son chien, qui ne pouvait tenir en place, tirait sur sa laisse pour partir, s'en aller, et lui semblait déployer une force épuisante pour le retenir. Comme c'était curieux, cet homme aux yeux fermés sur le quai, ce dormeur éveillé. Cet homme qui avance seul dans la nuit.

Pendant son séjour dans le Sud, elle n'était pas parvenue à s'endormir facilement. Elle était agitée, n'arrivait pas à trouver le sommeil. Elle attendait que le jour se lève pour sombrer, avant de se réveiller à nouveau, une ou deux heures plus tard, fatiguée. Dans ces insomnies, les idées s'agitaient furieusement dans sa tête, sans qu'elle puisse les repousser. Elles tournoyaient, l'inquiétaient. Elle s'était refusée à prendre des médicaments pour dormir. Elle préférait faire face à son insomnie. Elle se battait contre son angoisse. Elle détestait la nuit, inquiétante. Elle attendait que le jour se lève.

En ces moments, elle avait pensé aux hommes, qui prennent et qui s'en vont. Elle se disait qu'elle commençait à s'attacher. Elle se sentait bien. Il regardait vers une autre direction. Ils sont si faibles, les hommes, et lâches devant leur désir, et lâches aussi devant l'abandon, et même devant l'amour.

Et s'il restait avec elle, ce serait jusqu'à quand ? Jusqu'au prochain fantasme, la rencontre suivante, par crainte d'être seul, par peur d'assumer l'inanité d'une promesse, d'une parole donnée, d'une vie partagée ?

Il était comme le roi. Il avait peur de perdre son pouvoir. C'est ce qui le rendait cruel, parfois. C'est ce qui le rendait autoritaire et menaçant, et il changerait toute sa cour s'il le pouvait, et il ne la respecterait que si elle était plus forte que lui.

Une femme délaissée, voilà ce qu'elle était en train de devenir. Elle se souvenait du bonheur des premiers moments. Et puis, ces derniers mois, tout était devenu différent. Il se faisait rare. Il la prenait pour sa camarade. Parfois même, il disait « reste », mais n'en avait pas envie. Et elle restait, captive de son idéal.

C'était lui qui l'avait vue, immédiatement. Il avait pris le temps d'éveiller son désir, puis, lorsqu'elle avait accepté de partager sa vie, il s'était peu à peu désintéressé d'elle.

Et elle restait là, c'était sa malédiction. Et la

frustration engendre le désir, sans que l'on puisse s'en déprendre. Il l'avait séduite, et déjà, il était ailleurs, sans en avoir l'air, mais loin.

Pourquoi restait-elle avec lui ? Et que cherchait-elle, au fond ? Pourquoi était-elle tremblante d'indignation en pensant à lui ? Pourquoi le sang lui montait-il à la tête ? Pourquoi sa gorge se serrait-elle en cet instant au point de lui faire mal ? Et d'où venaient les palpitations de son cœur endormi ?

L E vent s'était levé. Un tourbillon faisait voleter les papiers, les poussières sur le quai. Il faisait chaud, de plus en plus lourd. On aurait dit l'annonce de la fin, la grande chute du rideau. On attendait la délivrance.

Quelques éclairs déchirèrent le ciel. Bientôt ce serait la pluie, un grand orage d'été. Le vent emportait tout sur son sillage, la robe dansait, dansait autour d'elle comme une corolle, des pétales qui s'épanouissent, les mèches s'égrenaient, les cheveux cachaient le visage. Un grand souffle venu on ne sait d'où enveloppait sa silhouette d'un voile diaphane.

Le vent faisait voler ses cheveux, plissait ses yeux. Il était là, toujours. Elle ne savait si c'était de la folie ou de la légèreté, de la détermination ou de la tendresse. Il y avait quelque chose de fort en lui, d'immense, il n'avait pas été policé par la ville, par la vie, par les femmes. Sa liberté, son inconséquence, sa façon de tout risquer, son caractère, son espoir, son désespoir, sa façon de dire « là-bas ». On peut aimer quelqu'un sur un mot, un geste. Une façon d'être. Ses vêtements, ses cheveux rebelles, son corps, ses mains. Elle n'avait plus peur. Non, elle n'avait jamais eu peur que d'elle-même. Elle ne parvenait pas à soutenir son regard. Trop intense ? Trop profond ?

Thèse. Il est vraiment très beau. Il lui plaît, c'est évident. Déjà, elle s'habitue à lui, n'a pas envie de partir. Elle ne sait pas pourquoi. Antithèse. Il est vraiment très beau. Non, ça c'est la thèse. Antithèse. Au diable, l'antithèse. Synthèse ? Il fallait y arriver. Ne pas perdre ses moyens. Est-ce qu'elle était belle ? Son maquillage avait-il tenu ? Elle pourrait lui dire qu'elle devait disparaître un instant pour se repoudrer. S'éclipser où ? Il n'y avait pas d'éclipse possible sur ce quai. Juste une ligne droite.

– Vous n'auriez pas vu un enfant, s'il vous plaît ? Un petit garçon perdu sur le quai ?

Le jeune homme avança vers eux.

Il semblait pressé, paniqué. Soudain, comme s'il avait senti sa présence, il s'est précipité vers l'enfant. Il l'a enlacé, l'a soulevé dans ses bras, avec joie.

– Ah mais toi, t'étais où ? Je te cherchais partout ! J'ai eu peur... Une de ces peurs...

Puis, à la jeune femme :

– C'est vous qui l'avez trouvé ?

– Oui...

– Ecoutez, a dit l'homme en s'approchant d'elle. Est-ce que je peux abuser ? Vous demander encore un petit service ?

– Quoi ?

– Je me suis mis en retard et je dois absolument trouver ma femme... Vous pouvez le garder encore quelques minutes, s'il vous plaît ?

Elle a hésité, regardé sa montre.

– Voulez-vous que je vous emmène à l'accueil, où on pourra vous aider ?

– Oh non, ce n'est pas la peine.

– Il n'y a presque plus personne sur ce quai, vous savez, dit-elle. Plus personne.

– Oui, dit-il, je sais. C'est ma femme que j'attends, voyez-vous. Elle est aveugle, comme moi. Nous attendons que les gens partent, ainsi nous pouvons nous repérer l'un l'autre en frappant de la canne.

Soudain, il a tressailli, puis il a tourné la tête. Il y avait une jeune femme avec une canne, devant le train, un peu plus loin, qui venait vers lui en souriant. Il s'est dirigé vers elle, guidé par son chien.

Quelques secondes plus tard, ils sont revenus ensemble, en se tenant par le bras.

– Merci de l'avoir gardé..., a murmuré la mère. Allez viens maintenant, dit-elle à l'enfant, et ne t'éloigne plus. Et puis dis au revoir à monsieur et madame qui t'ont aidé.

Cet enfant avait quatre ans. Il ne savait pas se débrouiller seul. Il avait un air grave et de grands yeux sérieux. Il parlait à peine, quelques mots... Il lui plaisait cet enfant. Elle l'aimait bien. Elle avait déjà commencé à s'habituer à lui.

Le petit la regardait. Il la considérait. Il ne

détachait pas son regard de cette femme qui l'avait protégé, loin des passants.

L'enfant était là, devant celle qui l'avait sauvé, qui lui souriait encore, d'un air timide. Elle l'a embrassé, c'était la dernière fois.

AU bout du quai, il n'y avait personne. Il
n'était plus là. Il était parti. Elle était
seule, devant l'inconnu, tout à fait seule face à
sa vie, et dans la vie.

L'émotion lui serra la gorge. Déjà, elle
regrettait. Quoi ? Elle regrettait le commencement. Lorsqu'il l'avait rappelée après leur rencontre. Il pensait à elle et elle pensait à lui.
Mais au commencement, l'aimait-elle ?... Et si
tout se jouait dans les premiers instants ? On
sait, dès l'origine d'une rencontre, et on peut
passer des années à se rendre compte que le
futur est là, dans les premiers mots échangés,
les regards partagés, les grands mots muets de
l'exorde.

Elle se remémora leur rencontre, cette soirée
au ministère, où ils avaient été présentés à deux

reprises par deux personnes différentes, ce qui les avait fait sourire. Il avait dit qu'une force inconsciente tentait de les rassembler, c'était sans doute un signe, qu'il fallait interpréter. Ils devaient se rencontrer, c'était ce qu'il avait annoncé, sur le ton de la plaisanterie.

Quelle avait été sa première impression ? L'agressivité. Elle s'était dit : Voilà quelqu'un de brutal, mais cela ne me fait pas peur. Elle l'avait vu, d'emblée, comme un adversaire. Et après, tout s'était effacé, estompé, affiné. Après, ils s'étaient fait croire à l'amour, et ils avaient vécu ensemble de bons et longs moments, avant d'en revenir à cette impression initiale, capitale : il était redevenu l'antagoniste qu'elle avait perçu dès leur rencontre. Oui, se dit-elle, dans la vie, comme au cinéma, on sait, aux premiers mots, si ce sera bien, si ce sera juste et vrai, même si parfois on reste jusqu'à la fin avant d'en revenir à l'impression initiale.

Elle avait su, au premier regard, qu'elle ne l'aimait pas, et qu'elle ne l'aimerait jamais. Il ne l'avait pas émue, tout simplement. Elle n'avait rien ressenti pour lui. Et lorsqu'elle l'avait vu, à cette soirée, elle s'était dit qu'il ne lui plaisait pas vraiment, ou plutôt qu'il y avait en lui quelque chose qu'elle n'aimait pas, non parce que ce n'était ni le bon moment ni la bonne personne, mais parce que ça ne s'expliquait pas. Ensuite elle avait appris à tout taire, à garder en elle, une chose après l'autre, et à compter chaque mot, chaque geste, et à ne rien dire parce qu'elle avait étouffé la vérité de son cœur, par peur d'être seule.

Lorsqu'il était venu à elle, il était prêt à aimer, il était vraiment tombé amoureux d'elle, ce soir-là, et elle l'avait fait attendre, l'avait maintenu à distance, par son indépendance, sa volonté, car elle ne voulait pas engager de relation avec un homme marié, et il en avait souffert, il tenait à elle, sincèrement.

Des mois plus tard, lorsqu'il était revenu vers elle, il était différent, il lui en voulait de lui avoir résisté, de l'avoir fait attendre, on aurait dit parfois qu'il cherchait à se venger. Elle non plus, elle n'était plus la même. Tout le monde disait qu'elle avait changé. C'était vrai qu'elle avait évolué, et pas pour le meilleur. Elle était devenue plus intransigeante.

Parfois, il lui demandait : « Qu'est-ce que tu

as, encore ? » Dans cet « encore », il y avait tout le mépris qu'il avait pour elle, et tout le dépit qu'elle ressentait envers lui. Ce qu'elle avait, encore, c'était qu'elle était malheureuse avec lui.

Leur histoire arrivait à sa fin. Leur histoire n'avait jamais commencé. Il y avait pour eux toutes les questions : Qui es-tu ? Que dis-tu ? Où m'emmènes-tu ?

Leur histoire était terminée.

ELLE était sur le quai, à poursuivre le chemin, qui avançait sans savoir où il allait,
se laissait guider comme un navire perdu en
mer.

Mais c'était lui qui s'en allait, qui aurait
voulu la quitter sans rien égarer, sans perdre le
rêve. Alors il voulait fuir, sans la souffrance, il
oublierait, lui qui partait, vite, à grands pas
pressés, loin d'elle. C'était plus facile, après
tout, il ne lui demanderait pas si elle savait ce
qui s'était passé à l'église, il ne saurait rien. Il
oublierait, c'était mieux. Il se réfugierait dans
la rue anonyme, sous un pont à nouveau, quelque part, si possible, où il ne croiserait pas son
regard.

A présent que tout était possible, il partait.
Il s'enfuyait, terrifié comme il ne l'avait jamais

été. Effrayé par une femme, cette femme... Que voulait-elle de lui... Inquiétude, doute et alternative... Partir, oui, fuir encore. Sortir, sans consommer sa victoire.

Il avançait sur le quai, de son pas décidé, s'éloignant à jamais. Tout était flou autour de lui. Il aurait voulu savoir si cette rencontre était réelle, s'il la reverrait un jour, ou jamais, s'il allait se demander toute sa vie ce qui se serait passé en d'autres circonstances, plus favorables, si quelqu'un les avait présentés l'un à l'autre, et il se demandait si elle allait se souvenir de lui, ou bien très vite oublier, si elle se rappellerait le quai, plus tard, ou si elle oublierait son visage, comme un inconnu, un étranger, ou au contraire si elle ne l'effacerait jamais de sa mémoire, comme un regret, un rêve parmi d'autres, et il se demandait d'où elle venait et où elle allait, et il se disait qu'elle était là, à l'église, avec eux et contre lui, et pourtant il ne lui en voulait pas. Il se reprochait seulement de n'avoir pas dit ou fait ce qu'il fallait, il l'avait effrayée, ne s'était pas montré sous son meilleur jour, il n'en avait pas eu le temps, et il se dit aussi qu'il fallait renoncer à chercher une réponse à toutes ces questions, sinon il allait devenir fou.

Renoncer et partir. C'était cela, son destin.

Elle le regarda s'éloigner en silence. Elle écouta ses pas résonner sur l'asphalte, sans comprendre, sans savoir quoi faire. Attendre, ne pas attendre ? Le suivre ? Le poursuivre ?

Deux musiciens jouaient devant un kiosque. L'un du tambour, l'autre de la guitare. Ils chantaient en duo des airs sans mots, juste des sons rythmés par le timbre sourd du tambourin. Une musique indéfinissable, faite de toutes les musiques du monde, un air entraînant, envoûtant. Sonore, à présent, sur le quai désert. Plus personne n'était là, mais ils jouaient encore. On aurait dit que c'était juste pour elle.

Elle a regardé à droite à gauche, pour tenter de le voir.

Elle n'a vu personne. Pas de contrôleur. Pas de police. Il n'était pas là, disparu, évaporé, comme par magie. Elle s'est demandé un instant si elle ne l'avait pas imaginé, si toute cette histoire n'était pas un rêve, si elle ne s'était pas endormie dans le train, et allait se réveiller, en plein milieu d'un songe opaque, non élucidé, une lettre morte, jamais parvenue à destination.

Son allure n'était plus la même, ses yeux n'avaient pas la même perception, sa vision était vague, ses lèvres frémissaient, son cœur avait changé, elle avait peur, ses traits étaient tendus, tout son corps l'était, les muscles de son visage lui faisaient mal.

Elle était là, comme un chat qui guette sa proie, à fouiller du regard le fond du quai, les bâtiments, les rails.

Où était-il ? Etait-il ici ? Etait-il loin ? Etait-il là-bas ? Etait-il parti ? Mais parti vraiment ? Parti sans dire au revoir, enfui sans dire adieu ?

Il était sorti.

Elle ne savait pas où il allait. Elle ne connaissait même pas son nom. Quel chemin il faudrait faire pour le retrouver. Quel chemin pour le rencontrer. Connaître, combattre, comprendre, se libérer, apprendre à voir, chercher un regard, le trouver...

Alors, seule sur le quai, elle s'est mise à rire.

C'était involontaire et fou. C'était d'effroi qu'elle riait. Et elle pensait : Pourquoi est-ce que je ris ainsi, pourquoi cela me fait-il rire ? Je gâche ma chance... Et soudain, sombre à en pleurer, en faisant un pas de plus : Je ne veux pas le perdre. Je dois le retrouver. Même s'il est loin, je le verrai. Même s'il est parti, je le chercherai. Même s'il ne veut plus me voir, je le verrai. Partout où il se cache, je le trouverai. Je le rassurerai, même s'il n'a pas peur. Je lui dirai qu'il est fort, dans ses moments de doute. Je ne laisserai pas la joie se ternir. Je ne laisserai pas la ville me le prendre. Je lui donnerai du manque. Et même s'il me fuit, je le débusquerai. Je le traquerai dans tous ses retranchements, l'accueillerai et lui dirai : Bienvenue, à toi, bienvenue car tu es chez toi, chez moi, chez nous, et il n'y a plus de frontières entre nous. Et nous serons ensemble, pourquoi pas. Et nous serons ensemble.

Elle a couru au bord du quai. Elle a trébuché. Elle a vacillé. Elle a failli tomber sur les rails de son emportement. Elle s'est rattrapée au dernier moment. Que faire ? Partir ? Ne pas partir ? Attendre ? Attendre, bien sûr, attendre. Que peut-on faire d'autre ? Jusqu'à quand ? Jusqu'au prochain train. Jusqu'à la fin de la vie, la fin de l'oubli, jusqu'à la mort.

Lentement, elle a commencé à marcher sur le quai, le parcourant encore une fois, pour la dernière fois.

C'est à ce moment précis qu'il est revenu sur ses pas.

Dans la pénombre, elle l'a vu.

Assez grand, les cheveux châtains, les yeux bleus, intenses, les pommettes hautes, les joues creuses. Il avait une allure particulière. Une chemise blanche au col cassé et un pantalon noir revêtaient son corps musculeux ; vêtements élégants, mais inhabituels pour un mois d'août.

Elle a marché vers lui, lentement, puis plus vite, de plus en plus vite, puis à nouveau, elle a ralenti le pas, alors qu'il avançait vers elle.

Elle s'est arrêtée, elle avait le temps. Elle a posé sa valise. Il s'est mis à se presser pour elle. Il a couru. Devant elle, il s'est arrêté.

Il y a eu un rire commun, un rire de conni-vence, d'expérience partagée, et de soulagement, puis un silence. Il y a eu des regards pour voir qui parlerait le premier, on ne se comprenait qu'à demi, il y a eu des pas en avant, puis en arrière, des intermittences. Elle s'est approchée, il a reculé, elle s'est éloignée, il a avancé, deux pas de un, qui formaient un pas de deux.

Il la regardait, comme s'il hésitait. Elle le considérait, les yeux immenses, charmeuse en cet instant où il fallait le retenir, charmante dans sa volonté maladroite de le charmer.

– Vous partiez, dit-elle.

– Je n'aime pas les adieux.

– Je n'aime pas non plus.

Et soudain un grand océan s'est ouvert devant lui, l'océan de la liberté, une mer ivre. Il s'est mis à rire. Un grand éclat de rire, qui a rejeté sa tête en arrière, un rire de retrouvailles et de soulagement, un éclair de conquérant qui a gagné son défi, d'homme victorieux en ce quai, devant sa proie.

Elle n'aima pas ce rire. C'était un rire amer. Elle n'avait jamais été aussi triste qu'en cet instant.

Dans la détresse qu'il y avait dans ses yeux, il put voir sa profondeur.

Les lampadaires s'étaient allumés comme des grosses boules jaunes, et la route pour eux continuait.

Il était proche d'elle, il penchait un peu la tête, elle sentait ses lèvres au creux de son oreille, il lui parlait tout bas, avec cette musique qui les entraînait dans des contrées étranges et familières, cet air aux rythmes mélangés, cet air nostalgique, suave comme un vent chaud, un souffle, un murmure.

Et en cet instant, il était heureux comme dans son rêve.

A travers les mots de fumée de la gare, murmures passés sous le souffle du vent, de l'un à l'autre, mélangés, mains qui s'effleurent, fronts qui se touchent, oublis, fulgurances, paroles muettes, de tendresse, de joie et de tristesse, elle se laissa entraîner dans la danse et tout devint plus fort, plus profond, plus sincère et vrai, par les couleurs vives de la musique, bigarrées, contrastées du silence, au fond duquel est la vérité.

DANS la ville bruissaient les murmures de la nuit, le spectacle allait bientôt commencer, les rues enfiévrées le devançaient, les passants s'élançaient, aux sorties des métros, sur les trottoirs, mélangés, vers les grands bâtiments, les crèches et les gardes d'enfants, les parents arrivaient après le travail, la longue journée qui s'étire, et les enfants les attendaient pour qu'ils racontent une histoire.

Les hommes et les femmes se rencontraient dans les rayons bondés des supermarchés, où ils se croisaient tous les soirs, sans se parler, regards discrets, glacés, du rayon frais, devant les caisses.

Les couples se préparaient à sortir, pour aller dîner, boire et manger, dans les grands cafés, les restaurants, après les inaugurations, les premières et les avant-premières, et près d'eux, les clochards attendaient, les yeux perdus, la bouche sèche, le regard à faire frissonner un mort, devant les distributeurs d'argent, les brasseries, les immeubles, les longues files de la soupe du soir. Et devant les berges, les bateaux aux sillages rouges passaient, les familles se recroquevillaient, dormeurs et dormeuses des belles étoiles, des ponts, des jardins et des souterrains, les bébés pleuraient dans les bras des femmes, les hommes fumaient des cigarettes roulées, partagées, en se racontant leur voyage, et dans les cimetières, les arbres frissonnaient au-dessus des tombes immobiles, près du dernier enterré, et sur la terre, le soleil disparaissait, laissant place à la lune, et la lune se préparait, ce soir elle était reine.

Sur le quai, il y avait une brise, un courant d'air, et par un grand tournant, un vent d'été, insoumis et fort, qui peu à peu se levait, une rame terminée, une porte ouverte, deux voyageurs entre mille.

Sur le quai, il y avait un homme et une femme, avec juste un sac, quelques objets, un livre et à boire, un silence saccadé, deux voyageurs arrivés d'une longue cavalcade, un soir et la nuit.

Seuls, ils étaient seuls à présent tous les deux, sur le quai, les musiciens avaient quitté la scène, la cohorte des hommes et des femmes était partie, tous étaient rentrés, et il n'y avait plus personne sur le quai, et elle était là devant lui, qui ne reculait pas, et elle n'avançait pas, elle ne souriait pas, l'un en face de l'autre, se regarder sans se toucher, sans se parler, regards croisés, grandes intermittences, sourire de rien... Interprétations, yeux étonnés d'être là, et heureux d'être surpris.

Le vent, d'un geste adroit, avait défait son chignon. Ses cheveux virevoltaient autour de son visage, en longues boucles fluides, de ses yeux, sa bouche, ses joues pâles. Un éclair a déchiré la nuit, son corps a frissonné dans la moiteur de l'orage. La première goutte de pluie fut pour elle. Elle est descendue lentement le long de sa joue, jusqu'au coin de la bouche, puis dans le cou.

Alors, il a sorti son chapeau de son pantalon, l'a déplié, le lui a mis sur la tête pour protéger ses cheveux, son visage, ses yeux.

La deuxième goutte tomba sur sa main, glissant le long de sa paume, et lorsqu'il l'a relevée, elle s'est enfoncée dans la manche de son pull.

La pluie les a entourés d'un voile brumeux, puis dru, de plus en plus épais. C'était une pluie d'été, une pluie battante de grand orage, un gros temps de mer.

Sa robe trempée se déroulait sur elle tel un voile transparent, impudique sur son corps, ses dessous, la courbe de son épaule, son buste, ses hanches, ses jambes nues car elle avait enlevé ses chaussures, dévoilant ses pieds mouillés.

Il était trempé, les cheveux collés sur le visage, les gouttes de pluie ruisselaient sur ses yeux, sa bouche, dans son cou, sa chemise qui se collait contre son torse, et traversait son pantalon, rafraîchissant ses jambes.

La pluie abandonnée s'emprisonnait dans la terre, détonait dans la nuit, terrassait le quai, elle se donnait, dans un flot continu, un pleur, un chagrin sans fin, la pluie qui venait de si haut et tombait si bas, sur les hommes, la pluie descendait, sans se tarir, pauvre égarée, sur les regards et les gestes, les murmures et les silences, communiquait à tous son peut-être, et encore dessinait, en traits dans l'air et en gouttes sur le quai, quelque chose d'évanescent et de subtil comme l'homme sur la Terre.

La pluie renversée, traversée, écoulée, honorée, mille gouttes de pluie comme on offre des fleurs, pluie qui s'égrène comme des pétales doux et soyeux, à l'odeur suave, pluie d'été sur les cœurs mouillés, comme une douche qui les lave, les rince, les blanchit et les prépare.

L'HOMME s'est avancé vers eux. Il marchait lentement. Il ne se pressait pas, ayant avec lui la force de la loi. Il les avait vus. Ils ne le voyaient pas. C'était vers eux qu'il se dirigeait si tranquillement, inéluctablement.

Il était vêtu de bleu, de blanc et de rouge, avec un képi sur la tête, qui laissait paraître un visage fermé aux yeux mobiles qui parcouraient le quai comme deux faisceaux lumineux.

Il pleuvait des cordes. Il pleuvait sur le quai. Il pleuvait toujours.

Elle s'est penchée vers lui, pour le toucher, le serrer fort dans ses bras, mais au moment même où elle le faisait, il s'est dégagé. Et même si c'était la dernière fois, il regarda ses yeux, sombres, noir, mauve et violet.

— Vos papiers, a dit l'homme.

Il a reconnu l'un des deux policiers qui se trouvaient au bout du quai, avec le contrôleur du train.

Il a regardé à droite et à gauche, pour voir s'il était encore possible de rebrousser chemin, trouver une issue, mais il n'y en avait pas.

Et il s'est vu tel qu'il était : bien sûr, il avait l'air d'un clandestin, il avait la peau et les yeux sombres, l'air défait, coupable, étrange. Apatride. Il ne reviendrait jamais dans son pays. Il n'avait pas de pays. Ici, on ne voulait pas de lui. On ne voudra jamais de lui. On dira toujours qu'il est autre, différent.

Il voulait rester sur la route toute la vie ; ne jamais aller là-bas. C'est pour cette raison qu'il s'était laissé embarquer dans le camion. Il ne voulait plus qu'errer, devenir une âme errante. Toujours autre, toujours différent, et sur la grande route du monde. Un exilé, car son âme était en exil.

Le policier s'est avancé, pour lui barrer le passage. Il a mis une main à la ceinture, sur son pistolet.

Il était trop tard. Son cœur cognait dans sa poitrine. Il était pris au piège. Il n'y avait plus rien à faire.

Elle l'a regardé. Elle avait peur qu'il ne tente une évasion. Elle tremblait, terrifiée par ce danger-là. Elle sentait ses jambes en coton, son cœur battre à se rompre.

— Vos papiers ? a répété le policier en s'adressant à l'homme seulement.

Il lui a fait signe que non.

— Alors non seulement vous fraudez dans le train, mais en plus, vous n'avez pas de papiers ?

Le policier le toisait. L'homme a soutenu son regard.

— Je suis obligé de vous emmener au poste de police pour vérifier votre identité. La voiture est dehors. Suivez-moi.

Et lorsqu'il l'a regardée, cette fois, elle a su.

Elle a compris qu'il allait s'enfuir, tout de suite, par peur et par panique, par courage, par témérité, par folie, s'enfuir pour mourir, là, sur le quai. Il n'irait pas à la police, attendre avant d'être reconduit, après avoir vécu tout cela, parce que c'était trop dur, il préférait tout perdre. Elle l'avait vu à l'église. Il était prêt à aller jusqu'au bout et à prendre tous les risques désormais.

Lorsqu'il a refusé, il a vu la main sortir le pistolet. Le sang lui est monté à la tête. Il a senti ses veines battre dans ses tempes, à éclater. Il a levé les yeux. Il n'était pas seul. Il sentait peser sur lui la puissance de sa volonté et il le refusait, ce regard de femme qui l'enchaînait plus qu'une prison. Les yeux implorants ont traversé son cœur, arrêtant la main.

Brusquement, elle s'est mise entre lui et le policier. De son corps, elle a fait un écran contre l'arme. D'une voix rauque, elle lui a crié de partir.

Clandestin

Ils étaient là, sur le quai, un homme et une femme, avec juste un sac, quelques objets, un livre, deux voyageurs arrivés d'une si longue et si courte traversée.

C'était sur le quai, un mois d'été. Personne n'a su ce qui s'était passé ce jour-là. Personne n'a pu expliquer pourquoi ils étaient ensemble, ni d'où ils se connaissaient.

Le rapport fut oublieux. Ainsi est la mémoire, qui cherche à effacer les événements importants pour les soumettre à son règne impitoyable.

Personne ne s'est souvenu de ce qui était arrivé. On a dit qu'il tentait de s'échapper. Personne n'a su pourquoi les coups ont retenti, la tuant avant de le tuer. On a classé le dossier. Un autre train est arrivé.

Composition IGS
Impression Bussière Camedan Imprimeries
juin 2003. – Dépôt légal : août 2003.
N° d'édition : 21879. – N° d'impression : 032976/4.

Imprimé en France